____________________ 님의 인생이

타워크레인처럼 굳건하게

솟아오르기를 기원합니다.

김승경 드림

나는 타워크레인이다

나는 타워크레인이다

단단하게 지어 올린 수많은 삶에 관하여

김승경 지음

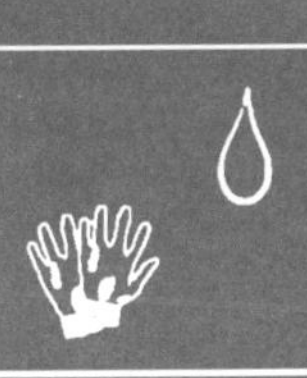

더클

거친 비바람과 뜨거운 뙤약볕에서
밤낮없이 현장을 지켰다.

건설 현장을 그저 단순히
누군가의 일터라고만은 할 수 없다.

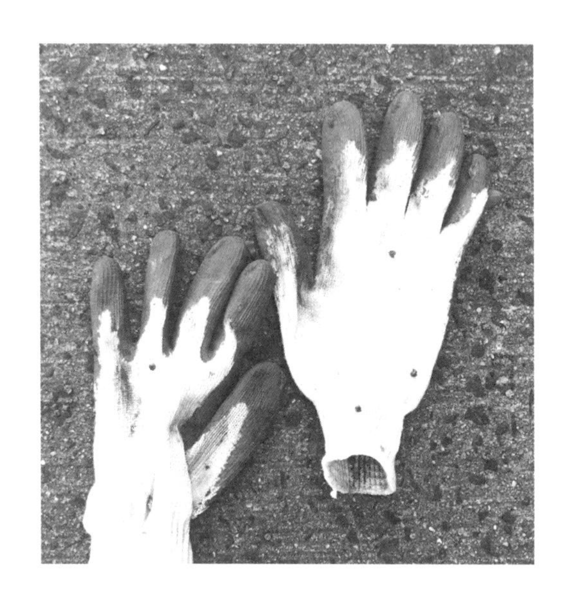

여러 삶이 묵묵히 타인의 터전을 세우는 곳이자,
한 삶이 자기의 생을 온전히 감내하는 곳이다.

묵묵히 자신과 타인의 삶을 지켜낸 당신,
당신이 진정한 인간 타워크레인이다.

프롤로그

우리는 모두 타워크레인이다

새벽녘 망치 소리가 내 뒤통수를 때렸다. 그 순간 나는 머릿속이 하얘지는 것을 느꼈다. 소름 돋는 기분이 온몸을 휘감았다. 아직 이른 시간이었고, 어슴푸레한 현장에 나밖에 없다고 생각했었다. 하지만 누군가는 자신이 맡은 일을 이미 하고 있었다. 건설 회사 입사 3년 차 때였다.

입사하면 해외 견학을 보내준다는 말을 듣고 스물일곱 살에 건설사에 입사했다. 서른 즈음이 되었을 때는 고된 현장 일과 잦은 술자리에 몸과 마음이 지쳐가고 있었다. 그럼에도 나는 해도 뜨기 전에 다른 근로자들이 출근하지 않은 현장으로 나가고는 했다. 그러던 어느 날, 내 머리를 때리는 망치 소리를 만난 것이다.

지금도 업계 최고 직원 복지를 자랑하는 회사의 정규직인 내가 아닌가! 많게는 하루에 1천 명의 근로자들을 만나는 내가 아니던가!

'노가다 뛴다'며 일당을 받는 현장 근로자들을 생각하니 부끄럽기까지 했다.

그 소리가 나에게 얼마나 호되고 매서웠는지 모른다. 그날 일은 건설 현장에 푹 빠져버린 전환점이 되었다. 망치 소리 하나에 현장이 다시 보였다. 내 위치가 자랑스러워졌다. 철근과 콘크리트, 타워크레인이 어제와 달리 보였다. 웅장하게 우뚝 솟은 타워크레인이 내가 된 느낌이었다. 타워크레인으로 살고 싶어졌다.

홀로 우뚝 솟아 있어 보이지만 그 아래 보이지 않는 지지대와 사람들이 보였다. 100미터 이상의 공중에서 크레인에 홀로 앉은 여성 조종사, 이제 막 군대를 전역한 청년, 휴학 중인 대학생, 코리안 드림을 꿈꾸는 여러 나라의 외국인 근로자들. 그리고 이내 나를 스쳐간 많은 일이 떠올랐다. 오랜 주말부부 생활, 해외 현장 파견, 전국의 수많은 현장, 숱하게 만난 사람과 쌓인 관계들.

서른 살짜리 청년은 한 목수의 새벽 망치 소리를 듣기 전까지는 현장의 매력을 알지 못했다. 그 소리를 들은 후 27년이 지났으니, 내 인생의 절반을 건설사에서 보낸 것이다. 관록 있는 선배들과 능력 넘치는 후배들 앞에서 감히 메시지를 전하고 싶어졌다.

"현장을 두려워하지 말자! 현장에 시행착오, 경험 그리고 성장과 미래가 있다. 내가 타워크레인이라고 외쳐보자."

우리는 모두 타워크레인이 분명하다. 보통 건설 현장에서 타워크레인 운명은 20여 개월이다. 요즘 인간 수명 백세 시대라고 하는데 크레인이 인생 축소판이라고 생각하면 쉽다. 처음 크레인을 설치할 때 4~5일이 걸린다. 층수가 높아지면서 건물보다 먼저 크레인이 올라간다. 건물이 완성되기 직전 크레인은 소리 없이 사라진다. 4~5일간의 해체가 끝나면 오롯이 건물만 남는다. 치열하게 태양과 비와 바람과 추위를 보낸 크레인은 훈장도 받지 않고 조용히 자취를 감춘다.

크레인이 움직이지 않으면 현장은 자연스럽게 멈추게 된다. 내가 멈추면 인생도 멈추듯이 말이다. 어느 현장이든 가장 높은 곳에 앉아 있는 사람은 관리자도 사장도 아니다. 현장을 한눈에 볼 수 있는 타워크레인이다. 우리가 바로 우뚝 서 있는 타워크레인이다. 또다시 시작될 후반전을 위해 인생 크레인을 설치하려고 한다. 그 마음이 이 책의 시작이다.

나는 이 책을 통해 현장의 의미를 되짚고 싶다. 모두가 기피하는 일이 되어버린 현장에는 여전히 자기 삶의 터전을 닦고, 타인의 집을 자기 집처럼 짓는 사람들이 많다.

또한 건설업은 여전히 살아 있는 곳이다. 생동감 있는 움직임이 가득 차 있고 일에 대한 의미를 뚜렷하게 만들 수 있는 곳이다. 두려움이라는 옷을 입을 때도 있지만, 그것은 함께 일하는 사람들과 같이 벗어낼 수도 있다.

이 책이 하나의 에피소드가 아닌 생생한 이야기로 다가가 현·예비 건설 현장 관리자와 근로자, 그들의 가족, 그곳에 입주하는 사람들, 그리고 법의 테두리를 만들고 집행하는 사람들에게까지 가닿기를 바란다.

마지막으로 출간이라는 낯선 분야에 발을 디디고, 이끌어준 유준원 대표와 편집자에게 고개 숙여 감사드립니다.

차례

2부 나는 인간 타워크레인이다

3부 우리는 삶을 짓는다

1부

현장은 멈추지 않는다

망치 소리

처음 현장에 가게 되었을 때다. 말만 기술자, 건축기사지 실무적으로는 창피할 정도의 실력이라 할 수밖에 없었다. 이제와 생각하면 다양한 경험과 경력이 쌓이고 난 뒤 기술자가 되는데 사회초년생의 조바심과 누구에게든 지고 싶지 않은 치기 어린 마음이 내 심정을 무겁게 만들었던 것이다. 그런 조바심과 치기 어린 마음이 가득 차 있으니, 현장 근로자뿐만 아니라 각종 공종을 위해 나온 협력사 반장들과도 소통하는 게 여간 어려운 일이 아니었다.

그렇게 아득바득 이른바 '현장밥' 먹으며 3년 차가 되었을 때였다. 몸은 현장 일에 익숙해졌지만 일에 대한 감이 서서히 줄어들어 매너리즘에 빠져드는 시기가 닥쳤다. 처음 들었던 미성숙한 생각들은 차츰 수그러들었지만 여전히 마음만은 편하지 않았다. 가끔 욱하는 성격 때문에 하루에 기분이 여러 번 오르락내리락하기도 했지만, 어느 순간은 모든 것과 타협하면 월급이 나온다는 데 만족하기까지 했다.

그러던 어느 날이었다. 선배 한 명이 할 얘기가 있다며 조용히 날 불렀다. 조언 아닌 조언을 해줬지만 기분이 꽤 상하는 이야기였다. 요점만 간단히 하자면 이러했다.

"넌 지금 기술자가 아니야. 어디 가서 기술자라고 말하고 다니지 말아야 해. 자격도 없으면서 말이지."

처음 그 말을 듣고 든 감정은 창피함이었다. 다른 누군가에게 절대 들키고 싶지 않은 치부가 드러난 것만 같았다. 그다음은 억울함이었다. 그래도 나름 성실하게 일을 배우고 있다고 생각했는데, 그 누구도 알아주지 않는다는 생각에 밤새 잠이 오지 않았다.

'자기가 뭔데 이렇게 해라, 저렇게 해라야. 매번 새벽에 일어나 저녁 늦게 끝나는 삶. 친구와 밥은커녕 제대로 된 약속조차 만들지 못하는 공사 현장에서 선배한테 그런 창피한 이야기까지 들어야 하다니.'

억하심정의 말을 마음속으로 쏟아내는데 문득 내 머리가 많이 컸다는 생각이 들었다. 어차피 현장 일은 큰 발전도 없어 보였고, 나름 노력하는 모습에 대한 칭찬 없이 냉담한 말만 들을 바엔 관두자라는 생각까지 나아갔다. 가족사진을 바라보자 많은 생각이 뒤엉켰지만 마음을 돌이킬 수는 없었다.

그날 새벽 곧바로 사표를 썼다. 외투 안주머니에 넣어두고 잠을 청하려는데 억울함에 이어 두려움이 마음을 파고들었다. 선잠에 들다 깨기를 반복했다. 시계는 새벽 5시를 가리키고 있었다. 사표를 내겠다는 다짐은 변하지 않았다. 순간 벌떡 자리에서 일어나 출근 준비를 했다. 어차피 잠도 못 이룰 바엔 출근해서 사표를 던지는 게 낫겠다는 심정이었다. 집을 나서기 위해 신발에 발을 꿰어 넣는 순간까지도 주머니에서 사표를 꺼낼 수 없었다.

평소보다 이른 시각에 도착한 현장, 새벽 여명을 밝히는 듯한 소리가 크게 울렸다. 쨍쨍쨍. 나보다 더 이르게 현장에 나온 목수 팀의 모습이 보였다. 그들이 이른 새벽의 어둠을 가르듯 망치로 못을 박고 있었다. 오후에 철근 작업 팀이 수월하게 작업할 수 있도록 해가 뜨기도 전에 나와 있는 거였다. 캄캄한 현장에 이른 아침의 빛을 불러오는 듯한 소리였다.

순식간이었다. 마음이 고요해졌다. 억울함과 섭섭함, 분노조차 사라졌다. 내가 했던 고민과 불만, 두려움이 현장에서, 근로자들 사이에서 얼마나 큰 사치였는지 깨달았다. 그저 묵묵하게 자신의 일을 하는 목수의 망치질 소리처럼, 내 앞에 놓인 문제들이 아주 작은 일처럼 느껴졌다. 그리고 그런 일들은 결코 나를 무너뜨릴 수 없다는 생각이 들었다. 자존심을 사표로 증명하기 위해 잠을 설쳤던 그 시간에 현장 근로자들은 자신의 업무를 묵묵하게 해내고 있을 뿐이었다.

그 이후로 나는 새벽녘의 망치질 소리를 가슴에 새겼다. 그리고 27년 더 현장을 지켰다.

혼전순결

누구에게나 가슴에 품은 꿈이 직업이 되고, 그 일로 돈을 벌기를 원한다. 하지만 막상 대학 4학년 2학기가 되면 마음이 달라진다. 졸업이 코앞이고 어떻게든, 어디든 취업에 성공해야만 한다는 압박감에 시달린다. 건축토목과에서 가장 좋은 취업은 건설사 입사다. 나라고 별수 없었다. 무작정 S건설에 원서를 냈다.

해외 건설 강자라는 타이틀과 입사하면 동남아 4개국으로 연수도 가능한 곳. 이보다 더 간절하게 원하는 회사는 없었다. 그리고 이내 1차 합격 통보를 받았다. 2차에는 전문지식 면접, 3차에는 일반지식 면접이 있다며 장소와 시간이 적힌 우편물이 도착했다. 어머니는 자식의 합격을 기원하며 당시 유행하던 은색 양복을 한 벌 맞춰주셨다.

면접 당일 넥타이까지 매니 제법 회사원 같아 보였다. 면접 장소에 가 보니 주변이 전부 어수선했다. 주변에서는 2차에 3배수를 뽑고 3차에 많은 인원을 탈락시킨다거나, 또는 4배수를 뽑는다거나 등 수많은 말이 오갔지만, 나는 그 말에 관심조차 없었다. 이래저래 합격 아니면 불합격 둘 중 하나일 뿐이었다.

2차 면접에 건축에 지원한 나와 다른 한 명이 함께 들어갔다. 나름 건축기사 자격증이 있었던 나는 자격증 시험 범주 안에 있는 내용으로 이어지는 질문에 자신감 있게 대답했다. 그리고 같은 날 오후, 일반지식 면접이 시작될 때였다. 아무리 생각해도 도통 어떤 질문이 나올지, 무어라 대답해야 할지 감이 잡히지 않았다. 지금이야 마음만 먹으면 기출문제부터 면접 내용까지 전부 알아볼 수 있었지만, 당시에는 선배들이 전해주는 이야기 하나만 믿어야 하는 환경이었다. 그 와중에 선배들조차 큰 도움은 안 되었다.

잔뜩 긴장한 채 앉아 있는 순간, 내 이름이 불렸다. 인문계, 이공계 나눠서 다섯 명씩 들어가는데 내 순서에는 인문계 면접 인원 자리가 비었다며 그리 들어가라고 하는 게 아닌가. 속으로 낭패라는 생각이 들었다. 뭔가 알 수 없는 적을 만난 기분이었다.

그렇게 인문계 지원자 네 명과 이공계 지원자 나. 이렇게 다섯 명이 각자 자리에 앉기 무섭게 칠판에 네 글자가 적혔다.

혼전순결.

이 주제로 5분 동안 생각하고 각 1분씩 발표하는 게 최종 면접이었다. 어리둥절해 있는 사이 옆에 앉은 지원자들은 종이에 계속 무언가를 적고 있었다. 뭐가 그리 할 말이 많은지 5분 내내 멈추지 않았다. 나는 딱히 생각나는 것도 적을 만한 것도 없었다. 멍하니 앉아 식은땀을 흘리고 있는데 시간은 속절없이 흘러갔다.

드디어 1번부터 1분씩 발표하는 시간이 돌아왔다. 1번, 2번, 3번, 4번. 모두가 자신의 생각을 칠판에 적으며 떨지도 않고 또박또박 말했다. 지금 생각해보라면 그들이 한 말이 한마디도 기억나지는 않는데, 당시에는 '와 진짜 똑똑하다!', '논리적이다!' 감탄하며 들었다. 속으로 박수를 치며 듣는 것도 잠시 드디어 내 차례가 왔다. 난 칠판에 적을 말도, 무언가를 증명할 지식도, 작전조차 없었다. 그저 모두가 내 입이 열리기를 기다리며 쳐다보고 있단 걸 오롯이 느꼈다. 더 이상 침묵할 수 없어 침을 꿀꺽 삼키고 '에라, 모르겠다'는 심정으로 말을 시작했다.

"안 됩니다."

힐끔 다른 사람들을 둘러보고 다시 말을 시작했다.

"…… 그…… 하고는 싶은데 안 할 겁니다. 하지 말아야 될 것 같습니다. 참을 겁니다. 나중에 더 잘해 줄 겁니다……."

딱 다섯 문장이었다. 내가 3차 면접장에서 식은땀을 뻘뻘 흘리며 말한 문장의 수였다. 면접장에서 나와 얼굴을 들 수 없었다. 그토록 원초적인 말밖에 할 수 없는 내가 너무 부끄러웠다. 은색 정장을 입고 곧바로 출근할 줄 알았는데, 더 많은 면접을 돌아야겠다는 생각에 눈앞이 캄캄했다.

그리고 일주일 지나고 우편물이 왔다. 면접 본 회사에서 온 합격 당락 우편이었다. 눈을 질끈 감고 내용물을 봤는데, 눈앞에 그토록 기다린 두 글자가 보였다. 합격. 면접을 본 다섯 명 중 나만 합격했다는 사실이 더 놀라웠다.

면접을 볼 당시를 가만히 생각해보니 "안 됩니다"라고 말을 시작할 때 면접관들의 눈이 휘둥그레졌었다. 그다음 말을 이으며 얼굴이 빨개진 나를 보고 다 웃었다. 긴장이 역력한 얼굴과 표정이 재밌었던 것이다.

내가 합격한 회사의 인재상은 논리적이거나 합리적인 사람이 아니었다. 때에 맞춰 자신이 할 수 있는 말을 내뱉는 것. 잘 모르더라도 인간미 넘치고 솔직하게 말하는 것. 그러면서도 타인을 편안하게 해주는 유머를 갖추는 것. 이 세 가지를 높이 사준 것이었다. 혼전순결과 다섯 문장. 그렇게 나는 타워크레인에 발을 들이게 되었다.

고맙습니다. 아니, 땡큐!

입사 후 내가 가장 기대했던 건 해외 현장 파견 근무였다. 신입 사원으로 입사해 인턴으로 해외 현장에 배치되는 경우가 많은 때였고 나는 싱가포르에, 동기들은 동남아의 여러 곳에 배치되었다. 당시 사람들이 농담으로 "비행기는 신발을 벗고 타야 한다"라고 할 정도로 해외여행이 일반적이지 않을 때였으니 가슴이 두근두근 뛰는 건 당연했다.

좌석에 앉아 창밖을 바라보는데, 큰 진동과 함께 엔진 소리가 들렸다. 마치 새가 된 듯 하늘을 날아 타국에 간다는 게 믿기지 않았다. 처음 타는 티를 안 내려고 옆에 앉은 사람이 하는 건 다 따라했다. 술을 시키는 걸 보고는 다양한 종류의 술을 따라 시켜 맛을 보면서도 창밖에서 시선을 떼지 못했다. 그만큼 설렘이 가득한 비행이었다.

싱가포르의 창이공항은 인천공항이 생기기 전까지 아시아에서 가장 큰 규모였다. 그 당시 한국의 김포공항에서 창이공항의 차이는 실로 어마어마했다. 게다가 공항 바깥에 이어진 야자수와 파란 하늘을 보자 '아, 내가 정말 다른 나라에 와 있구나' 하고 새삼 느껴졌다. 공항에는 관리 부장이 마중 나와 있었다.

"웰컴 투 싱가포르."

다양한 인종의 사람들과 숨 막히는 더위, 차창 밖 낯선 주변 풍경에 빠져 있는 것도 잠시, 이내 현장에 도착하게 되었다. 누가 누군지도 모른 채 현장 사무실 전체를 다니며 인사했다. 한국, 싱가포르, 말레이시아, 필리핀, 방글라데시, 호주 등등 외국인 직원이 많다는 건 생각지 못했다.

관리 부장이 말했다.

"여긴 해외니 영어 이름을 준비하세요."

준비하고 말 것도 고민도 필요 없었다. 그냥 이름 영문 앞자를 따서 SK. Kim으로 하기로 했다. 공사 팀이 맡는 두 공구 중 1공구 포디움과 지하 공사 소속에 배정되었다. 조직은 국내 현장과 비슷했지만 지금 생각해보니 클레임 팀이 별도로 있었다는 게 신기할 따름이다.

공사 과장이 옆의 직원을 소개했다.

"좋은 경험 많이 해. 이 친구는 리키야. 차로 숙소 안내해줄 거야. 숙소에 짐을 풀고 저녁 먹게 클라크키 쇼핑몰로 와."

막내인 나는 3층짜리 콘도 숙소의 꼭대기 층에 짐을 풀었다. 대학원 졸업 후 입사한 리키는 나와 나이가 같았고 귀국까지 가장 많은 도움을 준 직원이었다. 또래라는 반가운 마음도 잠시, 영어로 소통해야 하는데 입이 안 떨어졌다. 손짓 발짓을 해가며 소통해보니, 리키가 다 알아듣고 거기에 맞는 답변도 해왔다. '어라? 해볼 법한데?' 조금씩 영어에 자신감이 붙었다.

숙소 바깥 강 옆으로는 고층 오피스와 호텔이 즐비했고 그 아래엔 고급 식당, 클럽, 바가 줄지어 있었다. 멋진 곳이었다. 나는 싱가포르에서 영어, 공문 작성, 해외 문화 등 많은 경험을 쌓을 수 있었다.

싱가포르 현장의 프로젝트는 탄톡셍 병원 준공으로, 한국의 허준에 버금가는 싱가포르의 명의를 기념하기 위한 병원이었다. 병원 건물을 공중에서 내려다보면 나비 모양의 디자인으로 멋져 보이지만 패스트트랙 방식으로 이루어져 수시로 도면이 변경되는 쉽지 않은 프로젝트였다.

숙소에서 현장으로 들어갈 때는 셔틀버스를 타고 이동했다.

먼저 함바는 뷔페식으로 참 푸짐하게 잘 나왔는데, 대부분의 직원 앞엔 컵라면이 놓여 있는 게 희한해서 아직도 기억에 남아 있다.

7시 체조 시간이 되면 거짓말을 조금 보태서 대략 1천 명 가까이 되는 다국적 근로자들이 모였다. 체조가 끝나면 군 시절 연병장의 사단장 단상보다 족히 두 배는 높아 보이는 곳에 한국인 직영 반장이 마이크를 잡았다. 잘 들리지는 않지만 웃기도 하고 화내기도 하는 것을 보니, 늘 결론은 잘해보자는 말씀인 것 같았다. "파이팅!"을 세 번 외치고 나면 근로자의 우레와 같은 박수가 쏟아졌다.

첫 날 한 일은 지하 벽체를 평활하게 갈고 까는 작업이었다. 근로자 다섯 명과 함께 투입했다.

"대리님 콘크리트 벽 색깔이 국내와는 다른데 왜 그러지요?"

핵폭탄이 터져도 꿈쩍도 안 한다는 차폐용 중량 콘크리트라고 했다. 강도도 강하고 두께도 엄청 두껍다. 그래서 타설(건물 구조물에 콘크리트를 부어넣는 일)을 잘못하면 평활도 잡기가 쉽지 않았다. 역시 병원이라 시공이며 공법이 여간 까다로운 게 아니었다.

다음 날 할 일은 지하 코너에 거푸집 설치를 하는 것이었다.

도면을 보니 시체 처리실이라고 되어 있었다. 순간 온몸에 털이 곤두섰다. 그렇게 첫 해외 프로젝트에서 다양한 경험을 쌓을 때였다.

어느 날부터인가 분위기가 심상치 않았다. 윗사람들의 표정이 어두운 가운데 관리 부장이 말했다.

"숙소를 옆 현장과 합치기로 했습니다. 불편할 수 있으나 여건상 어쩔 수 없으니 양해 바랍니다."

며칠 후 또 다른 현장도 합쳐졌다. 이후에는 본사에서 직원들을 조기 귀국 편성하라는 지시가 내려졌다. 복귀 일정 없이 배치된 인턴 직원들이 첫 번째였다. 나도 포함되었다. 아쉽고 섭섭했지만 그것도 잠시 며칠 만에 귀국 비행기에 몸을 실었다. 90일간의 아련함을 가슴속에 간직한 채로 첫 해외 현장 경험은 그렇게 끝났다.

28년이 지난 지금도 잊기엔 아쉬운 너무나도 큰 경험이었다. 다양한 외국인이 함께 경험한 문화가 생생해 나에게는 큰 선물과도 같은 시간이다. 그보다 더 기억에 남는 이유는 따로 있다. 5개월 후 한국에 IMF가 터졌기 때문이다.

가르치는 시간의 힘

1999년 초 유난히 힘들었던 시기를 지났다. IMF가 모든 것을 뒤바꿔놓았지만 차츰차츰 일상에 활기가 돌고 있었다. 현장도 이제는 제법 예전과 같이 자리를 찾아가고 있었다.

건물이 어느 정도 골격을 갖춰갈 때쯤 곧바로 내부 마감 공사가 시작된다. 그와 함께 모델 하우스와 똑같은 집을 만들기에 바쁘다. 현장에서는 그것을 '목업룸'이라고 한다. 목업룸은 가능한 한 빨리 만들어보는 게 유리하다. 시공 오차는 없는지, 개선해야 할 부분은 없는지, 공종별 진행 사항 중 서로 일정이 부딪치는 건 아닌지 살펴보는 데 큰 도움이 되기 때문이다.

당시 현장은 어느 정도 목업룸의 형태를 만들어냈다. 마지막으로 현관 바닥 타일 시공을 마치면 구색을 갖춘 웬만한 집 모양이 나올 차례였다.

현장 반장에게 다시 한번 강조했다.

"반장님 입구에서 제일 처음 마주하는 게 현관 바닥인 건 아시죠? 세대 얼굴이라고 할 수 있으니 꼭 잘해주셔야 합니다."

다음 날, 완성된 목업룸에 들어선 순간 당황할 수밖에 없었다. 지금까지 봐온 현관 타일 시공에서 최악 중 최악이라고 할 수 있는 상태였다. 타일 모서리가 서로 알맞게 맞아야 하는데 그 기본조차 맞지 않았다. 게다가 높낮이가 달라 타일 면 몇 개가 불쑥 솟아 있기까지 했다. 당장 타일 반장에게 무전을 했다.

"반장님, 타일 시공한 거 보셨어요? 지금 목업룸으로 당장 오세요."

목소리만으로도 문제를 눈치챘는지 반장은 근로자와 함께 등장했다. 반장도 현장 상태를 보고선 아무 말도 할 수 없었다. 내가 유난히 깐깐하고 꼼꼼해서가 아니라, 말 그대로 바닥이 엉망인 걸 알았기 때문이다. 타일 반장은 미안함 때문인지 그대로 고개를 푹 숙였고, 옆에 함께 일하는 근로자도 마찬가지였다. 나도 모르게 큰 소리가 나왔다.

"당장 뜯어내고 다시 작업하세요. 3일 후가 점검 날입니다. 오늘 밤까지는 완료해두셔야 해요."

화가 난 상태로 작업 지시를 하고 나니 그게 참 은근히 신경 쓰였다.

'기분 상했을 텐데 이번에는 제대로 할까? 아니 그보다 내가 같이 일하는 사람한테 너무 심하게 뭐라고 한 건 아닌가?'

결국 마음이 쓰여 목업룸 작업 장소로 향했다. 늦은 오후였지만 작업용 등이 환하게 켜져 있었다. 들여다보니 타일 반장과 근로자가 함께 손발을 맞추고 있었다. 시간이 걸리는 재시공이긴 하지만 이렇게까지 걸릴 일은 아니라 이상하게 여길 때쯤, 둘이 하는 이야기가 들렸다.

"봐, 바닥 타일 시공의 기본은 평활도야. 바닥면부터 만져봐. 어때?"

"이상하게 울퉁불퉁한 것 같네."

"이런 건 타일 시멘트로 어느 정도 잡을 수는 있어. 그렇지만 기본 바탕 면이 좋아야 더 품질 좋은 시공이 되는 거야."

곰곰 생각하며 듣는 근로자에게 타일 반장은 차근차근 설명을 이어나갔다.

"특히나 현관 타일은 예전과 비교해 사이즈가 커져서 평활도가 중요해. 기본을 잘 다져둬야 제대로 들어맞는 거지."

그제야 근로자가 고개를 끄덕이며 대답했다.

"어, 그래 알았어. 현관은 좀 더 신경 써야 되는데 내가 발코니 타일처럼 작업한 게 문제였네."

"자, 그럼 그라인더로 바닥면을 평활하게 갈아보자고."

두 사람의 대화가 일반적으로 들리지 않았다. 타일 반장과 일반 보조 근로자라면 지시와 작업만 이루어지는데, 차근차근 그것도 아주 친절하게 소통을 하고 있었다.

"늦게까지 고생 많으세요. 식사는 하셨어요?"

인기척을 내고 인사를 건넸다.

"끝내고 나서 먹으려고요. 지금은 괜찮습니다."

옆의 근로자는 아까 낮과 마찬가지로 고개만 푹 숙이고 있었다. 바닥을 내려다봤다. 이 정도면 안심이라는 생각이 들었다. 그렇게 진행 사항을 조금 더 지켜보고 목업룸을 나섰다.

다음 날 출근과 동시에 목업룸으로 향했다. 세대 문을 열어본 순간 "와" 하고 감탄사가 절로 나왔다. 컴퓨터로 그린 듯한 완벽한 시공이었다. 세대 입구가 환해 보였다. 곧바로 반장에게 전화했다.

"반장님, 현장 보고 왔습니다. 너무 멋지게 잘나왔습니다. 감사합니다. 어디 계세요?"

사무실로 타일 반장이 찾아왔다. 잘해주셔서 고맙다는 인사를 채 건네기 전에 "재작업을 하게 되서 미안합니다"라는 사과가 돌아왔다. 그러고선 사정을 설명했다.

"함께 일하는 근로자는 세상에 둘도 없는 제 친구입니다. 저는 고졸이지만 그 친군 대학 나와 대기업에 입사했지요. 비록 저는 부족하지만 친구가 잘되니 너무 좋았어요. 그런데 이번 IMF 때 그만 회사에서 퇴사당하고 실직 상태라 저한테 타일을 배워보겠다고 왔습니다. 자존심이 상했을 텐데, 아내와 아이들 키우는 게 급해서인지 다 내려놓고 왔더라고요. 친구 아내와 자녀들 모두 다 아는 처지라 먹고살 수 있도록 해주고 싶었습니다."

그제야 둘의 대화를 이해할 수 있었다.

"원래 현관 타일 작업은 그 친구 작업이 아닌데 다른 작업자가 펑크 내는 바람에 급하게 투입됐습니다."

출근할 때 경비가 하는 말이 두 사람 모두 꼬박 밤을 지새우고 갔다고 했다. 그저 숙련자가 한바탕 일을 끝내는 것과는 큰 시간 차이가 있었을 것이다. 이제 막 배우기 시작하는 친구에게 처음부터 하나하나 차근차근 알려줬어야 했으니 말이다.

"대리님이 한 번 더 기회를 주셔서 가르치고 배울 수 있는 시간이 됐습니다."

오히려 내가 더 감사하다는 인사가 나왔다. 그리고 오후에 그 근로자를 마주쳤다. 나는 그를 향해 엄지를 치켜세웠다.

"정말 훌륭하게 끝내셨더라고요! 최고입니다."

IMF는 내 현장 인생에서 가장 큰 사건과 일들이 한꺼번에 몰아친 시기였다. 당시 두 친구 사이를 보면서 배우겠다는 마음가짐도 중요하지만 가르치는 마음이 더 중요하다는 걸 깨달았다.

현장에서 떠나보낸 사람들

현장에서 가장 중요한 걸 꼽으라면 딱 한 가지다. 바로 안전이다. 초반 현장에 발을 디뎠을 때만 하더라도 크고 작은 사고는 당연하게 여기는 게 현실이었다. 하지만 지금은 지켜야 할 법적 사항이 많아졌고 현장 관리자들의 감시와 근로자들의 '안전제일' 마인드가 깊어지면서 자잘한 사고 정도로 끝나는 게 많다.

현장을 통해 새로운 경험을 쌓고 진짜 일을 해내는 느낌이 좋아 줄곧 해왔지만, 이따금씩 터진 큰 사고들로 멘털이 붕괴되는 경험을 몇 번씩 겪었다. 그때마다 내 차례는 오지 않을까 안전모를 조였고, 혹시라도 옆에 있는 동료가 희생당하지 않을까 싶어 신발 끈을 직접 매주기도 여러 번이었다. 내 뇌리에 절대 잊히지 않는 사건들이 많은 까닭이었다.

현장에 활기를 본격적으로 불어넣는 건 타워크레인 설치다.

큰 작업들을 제법 마치고 서서히 건물이 올라오면 집다운 집으로 만들어지는 과정이 시작된다. 다양한 공종이 시작되고 끝나기를 반복하는데, 그날은 타워크레인 네 대 중 마지막 한 대를 설치하는 날이었다.

다른 기종과 비교했을 때 사이즈도 작아 문제는 없었다. 다만 앞서 같은 현장 다른 자리에 세 대의 설치 작업을 마친 뒤라 긴장감이 느슨해졌다는 게 우리의 실수였다.

오전은 쉴 새 없이 지나갔다. 이른 아침 일찍부터 작업반 미팅을 마친 뒤 실제 검측을 시행하는 일이 있어 꼼짝없이 자리를 지켰다. 이윽고 점심시간이 되어 함바에 자리를 잡고 앉았는데 멀리 산 아래에서 망치 소리가 울렸다. 눈을 돌려 보니 마지막 타워크레인 한 대가 서서히 모습을 드러내고 있었다. 숟가락을 딱 들려던 찰나 무전기에서 나를 찾는 목소리가 울렸다.

"김 대리님……. 108동으로 지금 바로 오셔야 되겠는데요."

딱 들어도 문제가 발생했다는 사실을 알아차렸다. 잔뜩 긴장한 채 말을 아끼고 있는 담당자는 오로지 와서 보라는 말만 되풀이했다. 108동은 오르막길에 있어 아무리 발을 재촉해도 빠르게 가기 힘든 곳이었다. 무거운 발을 재빠르게 움직여 108동 앞에 다다르자, 도무지 믿기 힘든 장면을 마주하게 됐다. 눈앞에는 절대 생기지 말아야 할 일이 벌어져 있었다. 한 사람이 무기력하게 손을 뻗은 채 쓰러져 있었던 것이다. 근무복을 보니 타워 설치 팀이었다.

"119는 곧바로 불렀습니다."

나는 근로자에게 다가가 목 부위에 손을 댔다. 미세하게 동맥이 움직이는 게 느껴졌지만 그 속도가 너무 느렸다. 죽음이 코앞에서 벌어지고 있었지만, 어디에서 어떻게 사고가 난 줄 모르는 채 함부로 응급처치를 할 수는 없었다. 혹시라도 가슴이나 목 등의 뼈가 부러졌다면 숨을 불어넣는 처치가 아닌 죽음을 재촉하는 일과 같기 때문이었다.

주변을 둘러보았다. 아무도 그 어떤 말도 하지 않는 적막만이 있었다. 아주 짧은 시간 동안 우리는 어떤 행동도 할 수 없이 그저 무기력한 모습으로 119를 기다릴 수밖에 없었다. 그때 주저앉아 흐느끼는 한 근로자가 있었다. 쓰러져 있는 사람과 같은 옷을 입고 있는 타워 설치 팀이었다. 오전 미팅 때 형, 동생 사이라고 언뜻 들은 것도 같았는데, 남자의 울분을 들어보니 쓰러진 남자의 친형이었다.

동생이 군대를 전역한 지 한 달도 안 된 상태에서 무얼 해야 할지 몰라 어려워 할 때 형이 직접 일을 배워보라며 현장으로 데려왔다고 했다. 현장 일이 꽤나 어렵지만 몇 년간 배우면 금세 자리를 잡을 거라고, 형이랑 함께하자고…… 그렇게 데려온 막냇동생이라는 말이었다. 흐느끼며 사연을 읊는 형을 위로하고 있을 때 구급대원이 왔고 쓰러진 남자는 구급차에 실려 현장을 빠져나갔다.

정신을 차려보니 어느새 깊은 밤이 되었다. 장례식은 이송된 병원에서 곧바로 치러진다는 연락이 와 있었다. 어떤 정신과 생각으로 갔는지 기억나지 않는다. 그저 정신을 차렸을 땐 병원 장례식장 앞에서 흐르는 눈물을 연신 닦아내고만 있었다. 평소 알고 지내던 타워 팀 관계자들과 아무 말 없이 서로 울기만 했다.

유가족 앞에 현장 관리자로서 섰다. 내 소개가 끝나기가 무섭게 누군가 나의 멱살을 낚아챘다. 멱살이 잡힌 채 이리저리 끌려 다니는데 오히려 마음은 편안해졌다.

갑자기 누군가 와서 상황을 말렸다. 고인의 형이었다.

"김 대리가 무슨 잘못이 있겠어요……. 제가 나쁜 놈이죠."

나한테 왜 이런 일이 일어났는지, 정말 그 사람이 죽은 건지 믿고 싶지 않았다. 겨우 마음을 추스르고 고인의 영정 사진 앞에 섰는데 그 젊은 얼굴에 다시 한번 눈물이 쏟아졌다.

"정말 미안합니다……. 죄송합니다……. 너무너무."

함께 일을 나섰던 형은 연신 미안하다는 말을 외치며 울었다. 마음이 찢어지는 감정이 밀려왔다. 현장의 안전 관리는 관리자의 역할이었으니 입이 열 개라도 할 말이 없었다. 장례식장을 나서기 전 한 번 더 영정 사진을 보고 사과를 했다. 고인이 해맑은 표정이 말해주는 것 같았다.

'형, 울지마.'

현장에서 사고를 직접 겪으면 몇 년간은 그 장면에서 헤어나오지 못한다. 잊을 만하면 다시 떠오르고 다시금 재연될지도 모른다는 불안감에 사로잡힌다. 이러한 사고는 비단 내가 있는 현장에서만 일어나지 않는다는 게 더 큰 불행이었다.

평소와 같은 날이었다. 이른 새벽 문득 핸드폰 소리가 들린 듯싶었지만 눈이 쉽게 떠지지는 않았다. 그런데 뭐랄까, 모두가 잠든 이 시각 누군가의 문자가 그리 좋은 느낌은 아니었다. 불안한 느낌에 곧바로 눈을 떴다. 타워 박 반장에게 온 문자였다. 이 밤중에 웬일일까 싶어 보니 장문의 문자가 눈에 들어왔다.

"안녕하세요. 저는 박○○의 첫째 딸입니다. 저희 아버지가 타워 해체 야간작업 도중 사고로 하늘나라로 가셨습니다. 너무 슬프고 돌아가신 아버지가 불쌍하지만 그동안 저희를 잘 키워주셨으니 분명 하늘나라에서 더 편히 계실 것이라 믿습니다. 저희도 더 열심히 살겠습니다. 부고를 전할 방법이 없어 아빠 핸드폰 저장된 전화번호 전체에 발송합니다. 양해 부탁드립니다."

순간 박 반장의 웃는 모습이 머릿속을 스쳐 지나갔다.

'아니 좋은 분을 왜 하늘이 데려갔을까……. 도대체 그 위험한 작업을 왜 야간에 해야 했을까……'

아무리 생각해도 소용없다는 걸, 고인이 된 사람이 돌아올 수 없다는 걸 알았지만 모든 게 안타까웠다. 그날 새벽 내내 눈물을 흘리며 되뇌었다. 이 직업이 너무 싫다고…….

소통과 배려의 힘

현장에는 더러 긴급 공지와 긴급회의가 있다. 이럴 때마다 핸드폰이 없던 시절이 떠오른다. 지금이라면 회의 시간과 장소에 구애받지 않고 화상 통화도 가능하고 '보내기'를 한 번 눌러 현장의 모든 사람에게 즉각 소식을 전달할 수 있지만 예전에는 그걸 상상조차 할 수 없었다. 하지만 핸드폰이 없던 시절에도 긴급한 상황은 생겼고 그때나 지금이나 현장 전체에 공지해야 하는 건 당연한 임무였다. 배가 산으로 가는 것은 용서해도 현장이 산으로 가면 안 될 일.

우리 회사 간부가 긴급하게 전체 회의를 소집한 적이 있었다. 이런 긴급 소집이 필요하면 일단 타워크레인 기사에게 부탁했다.

"1번 타워 기사님! 10시에 전체 회의 있으니 마이크로 방송 좀 때려주세요!"

공중에 매달린 빵빵한 스피커는 현장 전체에 울려 퍼졌다. 직원들에게는 무전기로 전달하고, 또 다른 사람에게 전달하라고 전했다. 입과 귀에 무전기를 바싹 대고 공지하면서 발은 정신없이 움직였다. 무전기가 없는 협력사들과 방송을 듣기 힘든 팀들을 찾아야 해서다. 지하에 있거나 소음이 커서 듣지 못하는 팀이다. 그들에게 알릴 방법은 오직 하나! 직접 찾아가서 말로 전해야 한다.

일단 공종 담당 직원들에게 안내한다. 찾아가야 할 위치를 가늠하고 뛰어다녔다. 방수 공사가 한창인 지하부터 마지막으로 협력사 사무실을 순회하며 전달했다. 지금은 상상도 못 하는 일이다. 많게 걸리면 두 시간도 금방이었다. 요즘에는 긴급 미팅이 한 번씩 생기면 두 시간을 아끼는 기분이 든다.

건설 현장 환경이 좋아지고 참 편리한 세상이 되었어도 변하지 않은 게 있다. 모든 게 근로자 손에 의해 이루어진다는 점이다. 여러 산업 중 가장 노동집약적이라고 말할 수 있겠다. 따라서 모든 업무가 소통으로 이루어진다. 혹시나 전달은 완료했지만, 각자의 입장만 고수하고 배려가 없다면 진짜 큰 문제가 생길 수 있다.

내가 가장 힘들고 어렵다고 기억하는 현장은 암반 발파, 난

이도 높은 설계 건물, 초대형 복합 건물이 아닌, 소통과 배려가 없는 곳이다. 하나의 프로젝트에 투입되는 인원이 얼마나 되는지 가늠해보자. 공사 시작 전에는 발주처, 시공사, 감리단, 건축설계사, 인허가 기관 공무원까지……. 나열조차 힘들 정도로 많은 조직이 맞물려 있다. 작은 건물이든 큰 건물이든 마찬가지다. 거쳐야 하는 기본 틀만 해도 역시 셀 수 없다.

또 협력사들까지 맞물려 있다고 하면 고개를 절레절레 흔들게 된다. 지하부터 바닥, 바닥에서 골조, 벽돌을 쌓는 조적 공사. 창문과 페인트, 나무와 화단, 보도블록 등등 대략 눈에 보이는 공종만 해도 1백 개가 넘는 수준이다. 이토록 많은 공종에 그만큼 많은 인원이 투입되는 것은 당연하다.

서로 다른 파트, 서로 다른 사람들이 모여 일하는 곳의 목표는 크게 두 가지다.

첫째, 주어진 프로젝트 공사를 안전, 품질, 환경, 원가, 공정 기준을 맞춰 준공하는 것.

둘째, 자신들의 이익을 극대화하는 것.

준공이라는 첫째 목표는 다 함께 힘을 합치기 좋지만, 자신들의 이익을 극대화하는 둘째 목표와 더해지면 소통과 배려는 금세 무너지기 마련이다. 알게 모르게 서로의 이익을 따지기만 하면 극악의 수준까지도 간다. 각종 회의 시간마다 감정이 극으로 치닫는 경우도 있어 그걸 극복하기 위해서 여러 수단이 동원되기도 한다. 겉으로는 그럴듯해 보이고 달콤해 보이는 사탕들도 있다. 하지만 가만히 들여다보면 언 발에 오줌 누는 격이다. 결국 불신의 씨앗은 더 커지고 만다.

'도대체 무엇이 문제일까! 소통과 배려가 그렇게 어려운 것일까!'

나는 그럴 때 의외의 곳에서 답을 찾고는 했다. 우리 집 강아지 '마쉬'를 떠올린 것이다. 마쉬는 나를 볼 때마다 좋다고 반긴다. 절대 그냥 지나치는 법이 없이 무조건 좋아한다. 한 번도 빠짐이 없다. 꼭 먼저 아는 척하고 꼬리를 흔든다. 내가 화가 나 있을 때도, 귀찮다고 밀쳐놓아도 금세 쪼르륵 다가온다.

말 못하는 동물이지만 눈을 보고 있으면 좋아하는 마음을 전달하려는 게 느껴졌다. 소통의 기본은 사실 이처럼 간단하다. 눈을 마주하고 들어주는 것이다. 매번 소통이 어렵고 힘든 현장에 있을 때마다, 각자의 이익을 위해 싸우는 현장 한복판에서 있을 때마다 강아지 마쉬를 생각하며 출근했다. 아무렴 말 못하는 마쉬보다 내가 더 잘 소통할 수 있다고 다짐하면서 말이다.

도약 전 단계

"과장님 따로 드릴 말씀이 있습니다."

누군가 대화를 나누자며 자리를 마련하면 가슴부터 철렁 내려앉았다. 직원들이 연달아 퇴사 면담을 요청했기 때문이다. IMF 이후 건설업의 인기가 시들해졌고, 신입 사원이 현장에 배정되면 한눈에 봐도 반기지 않는 표정이 역력했다. 들어오자마자 줄 이은 퇴사가 이어지자, 괜히 직원들 눈치 아닌 눈치를 보게 되었다.

그날도 마찬가지였다. 뚜렷하게 말은 하지 않지만 분명 긍정적이지 않은 신호가 깜빡이는 게 느껴졌다. 내색 없이 답했다.

"그래 정 기사 무슨 일 있어?"

나의 모든 감각 기관이 오로지 정 기사 입에 집중되었다.

"골조 업체 박 반장 있지 않습니까."

순간 안도의 한숨부터 나왔다. 자기 이야기를 먼저 하지 않는다는 건 그만둔다는 신호는 아니었다.

"어, 박 반장이 왜?"

"어제 박 반장 하고 크게 싸웠습니다. 모레 101동 15층 바닥 타설을 해야 하는데 막무가내로 못한다는 거예요."

"막무가내로? 그럴 리가. 여하튼 다른 이유가 있겠지."

"모르겠어요. 얼마나 신경질이 나던지. 그래서 한판 크게 붙었는데, 오늘 연락이 안 되더라고요. 더군다나 박 반장 형틀 팀은 출근도 안 했다고 합니다. 모레엔 타설해야 지연된 공종을 그나마 따라잡는데 말이죠."

평상시에도 자존심이 강한 정 기사라 본인이 맡은 동이 늦어지는 것이 많이 섭섭했던 모양이었다. 이럴 땐 어르고 달랜 다음 상황을 들여다봐야 한다.

"그래, 알겠어. 우선 이해하고 기다려보지. 평소 성실했던 반장과 형틀 팀이니까 무슨 사연이 있을 거야. 조금만 있어 보자고."

내 말을 들은 정 기사는 여전히 화가 안 풀렸는지 씩씩거리면서 사무실을 나갔다. 회사에서 동료와 한바탕한다는 게 껄끄러운 일이라는 건 안다. 무엇보다 일정 맞추려고 방방 뛰는 모습을 보니 예전의 누군가를 보는 것 같았다. 책임이라는 건 아무에게나 갖춰진 덕목이 아니었으니까.

아니나 다를까 오후 1시쯤 되니 사무실로 박 반장이 찾아왔다.

"과장님. 드릴 말씀이 있습니다."

훤히 속사정을 알면서도 또 다른 의미로 가슴이 철렁했다. 이런 일로 관두는 게 사실 비일비재하기도 하니까 말이다. 차근차근 박 반장의 말에 집중했다.

"얼마 전 어렵게 투입됐던 형틀 팀이 단가 문제로 일을 안 해 공정 손해가 이만저만 아닙니다."

또 박 반장 입만 쳐다보았다.

"모레 101동 15층 바닥 타설은 못 할 것 같습니다."

나도 모르게 가슴을 쓸어내렸다. 이런저런 문제로 떠난다는 말은 아니니 다행인 셈이었다.

"이유가 뭐지요?"

박 반장이 달력을 가리키며 펜으로 동그라미를 치며 말했다. 딱 3주 전 일요일이었다.

"지난달 날씨, 현장 여건 등으로 작업 진행이 안 되다 보니 작업량이 많이 줄어서 근로자들 임금이 평상시의 3분의 1밖에 안 됐습니다. 집에 면목도 없고 해서 이번 달은 3주 동안 쉬는 날도 없이 일만 했습니다. 그랬더니, 우리 팀원들이 다 녹초가 됐습니다. 아닌 말로 사람 잡을 판이에요."

정 기사와 관련된 이야기는 잠깐 뜸을 들이고 이어나갔다.

"그래서 어제 정 기사한테 양해를 구하려고 찾아갔는데, 듣자마자 노발대발하며 화를 내더라고요. 사실 3주 내내 고생이란 고생은 다 했는데 섭섭하기도 하고……. 암튼 그렇게 됐습니다. 과장님껜 죄송합니다."

뭐라 할 말이 없었다. 일반 사무직도 3주 동안 쉼 없이 일하면 나가떨어진다. 게다가 날씨 영향을 온몸으로 받아내야 하고, 몸을 움직여 일하는 게 전부인 현장에서는 더더욱 힘에 부쳤을 것이다. 3주 동안 쉬지도 못하고 달렸다는 소리에 미리 헤아리지 못한 나 자신이 부끄러워졌다.

박 반장에게는 어떻게든 일정을 잡아보겠다고 하고 미안하다는 말을 전했다. 그러곤 곧바로 무전기로 정 기사를 찾았다.

"정 기사, 시간 될 때 잠깐 들어오지."

정 기사에서 반 반장이 찾아온 이야기를 전했다.

"우리가 공종만 잡겠다고 혈안이 되어서 열심히 일하는 엄한 사람들 잡을 뻔했어. 사실 이게 박 반장과 정 기사 탓은 아니지. 계속 밀어붙인 나 때문인 게 아닐까 싶네. 앞으로는 내가 주변을 잘 둘러볼게. 미안하네."

다음 날 아침, 한껏 밝은 모습의 박 반장과 그의 팀원이 보였다. 체조 시간부터 에너지가 느껴졌다. 어제 하루만 쉬어도 이렇게 기운이 채워지는 사람들을 어쩌자고 몰라봤는지 싶었다. 오전 체조가 끝나자마자 팀원들이 가벼운 발걸음으로 101동으로 향했다. 그들이 삶의 터전으로 펄쩍 뛰어오르는 게 보였다.

눈 녹이기 대작전

기상청 덕분에 앞날의 날씨는 어느 정도 예측이 가능하지만 우리 인생의 앞날은 예측할 수 없다. 바로 그게 인생의 묘미가 아닐까? 일기예보 또한 예측에 도움이 될 뿐이지 백 퍼센트 내일의 날씨를 맞히는 건 아니다. 현장에서도 잠깐 도움을 받을 뿐이다. 당일 완벽하게 다른 일기에 큰 타격을 입은 적도 한두 번이 아니었다. 사실 현장의 모든 일은 인생처럼 불확실한 상황의 연속과 같다.

지금도 선명하게 기억나는 일기예보 에피소드가 있다. 현장에서 타설 전에 눈 예보가 있으면 천막으로 타설할 부분의 전체를 빠짐없이 다 덮어야 한다. 101동 15층 바닥을 타설하는 날이었고 겨울이지만 날씨가 따뜻해 큰 문제는 없어 보였다. 일기예보에도 별다른 소식은 없었다. 검측도 다 끝난 상태라 다음 날 아침 8시에 레미콘 믹서차 첫 차를 시작으로 대형차들이 50대까지 들어오면 오후 5시 전에 타설을 마치는 데 충분할 거라 예상했다.

그런데 문제는 일기예보에 안심했다는 데 있었다. 그날은 예보도 없이 밤사이 엄청나게 많은 눈이 내렸다. 족히 10센티미터도 넘게 쌓이는 말 그대로 대설이었다. 아무 것도 모른 채 다음 날 상쾌한 아침을 맞았다. 옆에는 세 살 된 아들이 아내 옆에서 곤히 잠들어 있었다. '내 아들이지만 참 예쁘다'라는 생각을 하며 포근한 집에서 가족이 든든하게 함께하는 그 순간이 정말 행복했다. 하지만 행복의 순간은 잠시였다. 출근하려고 문을 열고 나와서야 비로소 어제 예측했던 오늘의 날씨가 완전히 빗나갔다는 걸 알게 되었다. 그 순간 아침의 상쾌함도 사라졌다.

타설하기로 한 일정부터 생각이 났다. 예보 없이 내리는 눈은 몸으로 막거나 일정을 바꾸는 방법밖에 없는데, 밤사이 내린 눈에는 그마저도 속수무책이었다. 정신없이 현장으로 달려가 보니 벌써 펌프카와 타설공들이 대기하고 있다. 나를 포함해 어제까지 아무도 대설 예보를 몰랐고 그 누구도 불가능하다는 말이 없었으니 일정에 맞춰 출근한 것이다.

감리 담당, 골조 소장과 함께 타설 장소로 올라갔다. 올라간 순간 내 눈을 의심했다. 눈이 쌓여도 너무 많이 쌓여서 온통 흰 세상이었다. 그나마 바닥은 시간이 걸리겠지만 송풍기(현장 용어로는 '앵앵이'로 바람이 나오는 기계다)로 불어서 날려버리면 될 만한 양이었다.

문제는 따로 있었다. 바로 옹벽 사이였다. 옹벽 속에 들어간 눈을 치우지 않고는 타설을 할 수 없었다. 눈 제거를 위해 하부 유로폼을 전부 뜯어야 했고 타설 측압을 버티기 위한 고정 장치도 다시 해체해야 했다. 상황이 어떤지 직접 살피기 위해 옹벽의 유로폼 한 장을 뜯어서 안을 보았다. 역시나 눈이 쌓여 있었다. 서둘러 치우지 않으면 추운 날 얼음으로 변할 수 있기 때문에 정말 큰일이었다.

"어떻게 할 거야?"

감리 직원이 물어봤다.

"일단 기다려보죠. 우리도 대책을 세우고 말씀드리겠습니다."

정말 다행스럽게도 기온은 예보처럼 영상을 유지하고 있었다.

"김 대리님! 타설 내일 하면 어떨까?"

골조 소장이 조심히 물었다.

"지금 오전 9시니까 어떻게 눈을 치울 건지부터 생각해보죠. 내일이라고 상황이 좋아지는 것도 아니고……."

펌프카, 타설공, 목수, 철근, 전기설비 협력사까지 전부 내 입만 바라보고 있었다. 그 와중에 무전기는 정신없이 울려댔다.

“김 대리! 김 대리! 레미콘 믹서차는 어쩔 거야? 다른 현장은 다 취소됐고 우리밖에 없대. 타설할 거야 말 거야?”

무전기보다 마음이 더 시끄럽다고 생각이 드는 순간 평소 잘 알고 지내던 장 반장이 왔다.

“김 대리님! 나한테 묘수가 있어요. 날씨가 영상이니까 뜨거운 물을 부어보는 건 어떨까요? 눈만 녹이면 되는 일이잖아요.”

진짜로 눈을 녹이는 방법이었다. 눈이 사라지고 물이 어느 정도 빠지면 타설은 가능해 보였다. 바로 조를 편성해 드럼통에 물을 부었다. 시험실에 돼지꼬리 열선을 연결해서 물을 끓이는 팀, 뜨거운 물을 타설 위치로 이동시키는 팀, 물로 구석구석 뿌려 눈을 녹이는 팀. 이렇게 세 개 팀으로 나눠 일을 배분했다.

말이 세 팀이지 디테일한 부분까지 생각하면 더 많은 인원이 투입되어야 했다. 초반 30분 동안은 손발이 잘 안 맞아서 아이디어를 낸 장 반장만 정신없이 바쁘게 움직였다. 어느 순간 골조 팀뿐 아니라 많은 협력사가 서로 도와가며 끓이고 옮기고 부어대기를 반복했다. 급기야 사무실 직원들까지 총출동했다.

어느 순간 헤아려보니 움직이는 인원이 1백 명도 넘었다. 이렇게 서로가 힘을 합친 결과 결국 깨끗하고 말끔하게 현장이 정리되었다. 그 넓은 바닥에 물청소를 한 셈이다. 그날 우리 현장은 세상에서 가장 깨끗한 공사장이었을 것이다.

오후 1시가 되어 첫 레미콘이 배관을 통해 콘크리트를 부어 넣었다. 다른 곳의 레미콘이 취소되어 있던 터라 우리 현장으로 레미콘을 지원받은 덕분에 순조롭고 깔끔하게 작업이 진행되었고, 작업 소요 시간은 전날의 예상과 크게 바뀌지 않았다. 오후 6시 전에 작업을 끝낸 것이다.

모든 걸 끝내고 보니 온몸은 땀과 물로 범벅되어 속옷까지 다 젖어 있었다. 한 끼도 먹지 못 해 사무실로 걸어가는 발걸음이 한없이 무거웠다. 사무실에 도착해 책상을 보니 메모지엔 이렇게 적혀 있었다.

"옷 갈아입고 현장 앞 고깃집으로 오세요."

이 문장을 보니 정말 보람찬 하루를 보냈다는 게 실감 났다. 눈이 예보도 없이 많이 내린다는 것도, 그로 인해 하루가 생각보다 힘들 것도 예상하지 못했지만 마주한 상황을 피하지 않은 수많은 사람의 얼굴이 떠올랐다. 무엇보다 문제에 직면했을 때 나에게 이를 해결하는 능력과 그런 열정이 있다는 게 감사했다. 수많은 시간이 지난 지금도 눈 녹이는 묘수를 제안해 준 장 반장, 그날 함께했던 직원들, 일사분란하게 눈 녹이고 물청소해준 1백 명의 전사, 아니 천사들에 감사한 마음이다. 지금도 그때도, 늘 하루에 한 번씩 열정을 불러다준 내 직업에 대한 후회는 없다.

도비, 날아다니는 사람들

도비공. 높은 곳에서 비계의 설치와 해체 일을 하거나 중량물 작업을 하는 기능공을 가리키는 일본말이다. 정확한 우리말 표현은 비계공이지만 일을 막 시작하던 때를 떠올리며 쓰는 터라 '도비공'이라고 쓰는 점 양해 바란다.

처음 현장에서 도비공을 보고 깜짝 놀랐다. 말 그대로 하늘을 이리저리 날아다니는 사람들이다. 철골 구조물 위를 거침없이 오가며 작업에 필요한 가설물과 비계를 설치하는 그들의 발은 늘 공중에 있었다. 그뿐만 아니었다. 엘리베이터 기계실 관련 작업, 타워크레인의 설치와 해체 또한 도비공의 몫이었다. 다양한 작업을 두루 하지만 이 작업들의 공통점은 있었다. 바로 하늘과 가장 가까운 작업장이 그들 영역이라는 것.

보통 도비공들은 일반 근로자와는 다른 분위기를 풍긴다.

정체를 알 수 없는 군복, 슬림한 벨트, 깔깔이에 온갖 공구가 담긴 허리띠까지. 그런 분위기 때문인지 웬만한 현장에서도 도비공들에게 말이나 시비를 거는 직원을 찾아볼 수 없다. 그들만 떴다 하면 강관으로 된 6미터 파이프를 가로세로 조립한지 반나절 만에 지상에서 20미터 이상까지 훌쩍 솟게 만든다. 설치된 비계를 타고 지상으로 안착하는 기술은 어떠한가!

특히나 내가 배치된 현장에서는 최 반장이라는 책임자가 그만의 분위기를 풍기고 있었다. 최 반장은 훤칠한 큰 키에 남성미 넘치는 외모, 중저음의 목소리까지. 웬만한 현장 근로자들 모두가 그의 카리스마를 알고 있었다. 그는 도비 여섯 명이 모인 팀의 장으로 작업을 위한 가설비계 설치와 고층의 콘크리트 타설을 담당했다.

모든 게 멋진 사람이었지만 한 가지 문제가 있었다. 바로 안전모 미착용. 당시의 현장은 안전불감증이 만연해 있었고 안전모의 중요성을 강조해도 다들 필요 자체를 못 느꼈다. 기온이 살짝만 오르거나 일할 때 땀이 나면 가장 손쉽게 벗기 일쑤였다. 다들 반드시 써야 하는 건 당연한 일이지만, 특히나 공중에서 일하는 도비공들에게는 더더욱 필요한 안전 장비라 매번 최 팀장에게 주의를 줬다.

"안전모 안 쓰세요? 꼭 써야 합니다." 그러면 매번 돌아오는 답변은 비슷했다.

"난 안 쓰는 게 더 편해 쓰면 자꾸 걸리적거려서……. 다시 잘 써볼게."

그렇게 하루하루가 지나고 계절의 여왕 봄 5월, 어린이날이 왔을 때였다. 휴일 때문인지 한강대교 아래 차량이 꽉 막혀 있는 게 보였다. 당시 현장은 10층짜리였고 지붕은 박공지붕이라고 해서, 책을 엎어놓은 모양의 형태로 만들고 있었다. 타설해야 하는 양은 얼마 안 되는데 박공지붕 형태라 꼭대기에서 미끄러질 위험이 있었다.

펌프카를 이용해 붐대를 올리고 레미콘에 압송관을 연결하면 지붕까지 콘크리트를 올릴 수 있다. 최 반장은 팀을 진두지휘했다. 각자 팀원의 자리를 정해주고 가장 중요한 주름관(현장 용어로는 '자바라'라고 한다)을 잡았다. 주름관에서 나오는 콘크리트를 적당하게 부어야 하는 일이 중요한 이유는 남거나 부족하면 그 양을 사람이 직접 조절해야 해 피로도가 큰 일이라서다.

모든 준비를 마쳤지만 레미콘 차량이 생각보다 늦게 들어왔다. 어린이날 정체 탓이었다. 타설 중간에 차가 지연되어 현장에서도 다급하게 일을 하게 되었다. 지붕 위에서 주름관을

쥔 최 반장이 소리쳤다.

"콘크리트 올려!"

순간 "쾅!" 하는 둔탁한 소리가 울렸다. 곧이어 주름관이 하늘로 솟구쳤고 최 반장의 몸도 주름관의 반동으로 붕 떴다가 순식간에 바닥으로 내팽개쳐졌다. 레미콘 차가 지연되면서 펌프카 압송관이 막혀버린 탓이었다. 그 와중에 콘크리트를 곧바로 내보내려고 했으니, 압력에 못 이겨 터져버린 것이었다.

너무 놀란 직원들이 최 반장의 이름을 부르며 생사를 확인했다. 다행히 의식이 있었지만 떨어질 때 머리부터 떨어진 탓인지 뇌진탕 증상을 호소했다.

'내가 본 도비공 중 최고의 도비공이 이렇게 떨어지다니! 그나저나 이 위험한 일에서조차 안전모를 벗고 있다니!'

부랴부랴 최 반장을 병원으로 보내고 나머지 작업을 미루었다. 일주일 후 반가운 얼굴이 보였다. 최 반장과 그의 팀원들이었다. 게다가 더 반가운 모습은 안전모를 쓰고 턱 끝까지 끈을 조인 그의 모습이었다. 놀라고 반가운 내 앞으로 다가온 최 반장이 한마디 했다.

"진작 쓸 걸……."

귀로 듣는 월드컵

2002년 한일 월드컵이 개최되었다. 처음 한국에서 개최되는 월드컵에 온 국민이 들떠 있었고 우리 현장도 예외는 아니었다. 어쩌면 처음이자 마지막이 될 월드컵 개최라는 걸 모두가 알고 있었기 때문인지 이번에는 다른 월드컵과는 다르게 현장에서 배려해주기로 했다. 함바에 커다란 티브이와 음료수를 제공해, 한껏 재미있게 시합을 즐길 수 있게 자리를 마련한 것이다.

다양한 공종에 하루하루 힘들게 일하는 우리가 티브이 앞 한자리에 모였다. 때마침 오후에 비소식이 있어서 일찌감치 업무를 정리한 탓인지 자리싸움마저 일어났다. 처음 보는 광경에 우리 모두 입가에서 웃음이 떠나지 않았다. 잔뜩 긴장한 채 보기 시작한 경기는 미국전이었다. 호루라기 소리와 함께 공이 상대 진영으로 나아가는 순간 무전기가 울렸다.

"경비실입니다. 모래 들어왔습니다."

'아, 하필이면 이때!'

다들 티브이에 빠져 몰입해 있으니, 누굴 시키기도 어려웠다. 직접 가서 금방 받아와야겠다는 생각에 사무실 밖으로 나갔다. 일기예보대로 밖에는 비가 내리고 있었다. 큰 비는 아니었지만 그렇다고 이슬비는 아닌 터라 자칫하면 길이 미끄러울 것 같다는 우려가 생겼다.

경비실에 도착해 보니, 40톤짜리 앞사바리(앞바퀴가 네 개인 덤프트럭을 현장 용어로는 '앞사바리 차'라고 부른다) 덤프트럭 위로 모래가 잔뜩 실려 있었다. 상태를 체크한 후 모래를 내릴 동으로 움직여 천막을 깔고 모래를 받을 준비를 했다. 비가 오는 통에 준비에 시간이 걸렸는데, 그걸 못마땅해하는 기사가 느닷없이 화를 냈다.

"에이, 오늘 같은 날 축구도 못 보고 이게 뭡니까. 저는 빨리 내리고 갈 겁니다."

그 마음이 이해는 되었지만, 나라고 축구를 보고 있는 게 아니니 괜히 억울했다.

"네, 빨리 이동해서 내리시죠. 102동으로 가시면 됩니다."

경비실에서 102동까지는 약간의 높이 차가 있어 경사 램프를 통해 움직여야 했다. '부우웅' 엔진 소리와 함께 덤프트럭

이 내려가는데 "어, 어어어어" 하는 소리가 절로 나왔다. 생각보다 너무 빠른 속도 때문이었다. 급한 속도로 램프 끝에서 좌회전을 하는 순간! 빗길의 미끄러움 때문에 원심력을 이기지 못한 차가 그만 쓰러지고 말았다. 정말 그렇게 큰 차가 만화처럼 옆으로 쓰러진 모습이라니! 다행히 기사는 큰 문제 없이 차에서 내려왔다. 문제는 모래를 그대로 바닥에 쏟아낸 차량을 수습하는 일이었다.

어쩔 수 있나. 곧바로 장비란 장비를 총동원해 수습할 수밖에. 무전을 들고 중장비를 부르는 중에 멀리서 "아" 하는 탄식 소리가 들렸다. 나중에 알고 보니 이을용의 페널티킥 실축이었지만 당시만 해도 골을 먹은 건지, 넣은 건지 소리만으로는 전혀 분간하기 어려웠다.

장비와 기사들이 속속들이 도착했지만, 그들도 마찬가지로 탄식을 내질렀다.

"어휴, 미국전도 못 보고……."

그저 빨리 끝내자는 말밖에 할 수 없었다. 부랴부랴 모래를 한쪽으로 옮기고 덤프를 세우기 위해 이동식 크레인 두 대를 움직였다. 겨우 들어 올려보니 흙바닥에서 엎어진 거라 다행스럽게도 기능상 문제는 없어 보였다. 어느 정도 정리를 해나가는 찰나. "와!" 하는 소리가 들렸다. 누군가 함바 밖으로 나와서 외쳤다.

"안정환이 동점골 넣었어요!"

일이 끝나고도 분이 안 풀려 있던 기사들이 모두 갑자기 눈을 동그랗게 뜨고 식당으로 달려 들어갔다. 턱 하고 어려움을 맞이했지만, 축구 선수는 축구장에서 우리는 현장에서 문제를 딱 해결한 순간이었다.

한강

여름철 더위가 극성을 부리기 전 가장 문제가 되는 건 장마다. 태풍이 오면 더 큰일이지만, 장마철이 길어지면 공사에 악영향을 끼친다.

그해 여름도 마찬가지였다. 새벽녘 유리창을 두드리는 빗소리에 눈이 떠졌다. 장마를 대비해 혹시 모를 상황을 다 준비한 채 퇴근했지만, 밤새 생각보다 많은 비가 쏟아지고 있었다. 누워 있는 게 편할 리 없었다. 특히나 이번 프로젝트는 한강변에 자리 잡고 있어 한강 수위가 상승하면 곧바로 공사에 타격을 입을 터였다.

출근길 차 안 라디오에서는 연신 한강 수위 상승을 알리고 있었다. 그걸 증명이라도 하듯이 한강변 시민 공원은 아예 황톳물에 잠겨 있었다. 세상 모든 것이 축축한 물에 휩싸인 것처럼 느껴졌다. 한강대교가 눈에 들어왔다. 그 아래 물은 엄청난 기세로 북쪽에서 남쪽으로 파도를 만들며 이동하고 있었다.

현장에 도착하자 소장을 비롯한 여러 직원이 정문 앞에서 초조하게 한강대교를 응시하고 있었다. 현장 지하를 뒤덮은 빗물을 외부로 빼내고 있었지만 역부족해 보였다. 경기 북부에도 이미 비가 많이 와서 한강물은 점점 더 그 기세를 더해갈 게 훤했다.

곧이어 홍수 경보가 내려졌다. 한강대교 바로 아래까지 오른 수위는 내려갈 기미를 보이지 않았다. 한강이 넘치는 순간 한강 물은 도로를 넘어 곧바로 현장에 들이닥치고 말 것이었다. 모든 것이 한강에 뒤덮일 아찔한 상황만 남았다.

"비상입니다. 현장에 남아 있는 모든 근로자는 외부로 대피하세요."

혹시 모를 남은 인원이 있는지 지하 곳곳까지 살피면서 소리쳤다. 무전기에서 소장의 목소리가 울렸다.

"5분 후 현장의 모든 전기 전원을 차단할 예정입니다."

그렇다. 물이 있는 곳에 전기가 흐르면 피할 수 없는 사고로 번진다. 감전을 피하기 위해 모든 전기를 차단하는 결정을 내렸다. 현장에서 삽을 뜬 이래로 처음 있는 단전이었다. 이미 할 수 있는 조치를 다 했지만 우리는 현장을 떠날 수 없었다.

하늘을 보니 여전히 거센 빗줄기가 얼굴을 때리고 있었다. 그때였다. 도로 너머에 들이 차는 강물이 보였다.

"어, 저거 한강 넘친 거 아니야?"

말을 하자마자 곧바로 한강이 현장 정문에 당도했다. 그리고 이내 차수벽을 뚫고 무서운 기세로 현장을 덮쳤다. 현장이 한강의 일부가 되는 건 순식간이었다. 지상에 있는 현장 관리자 모두가 계단을 통해 5층까지 달려 올라갔다. 5층에서 본 한강의 전경은 그야말로 어마어마했다. 넓게 그리고 빠르게 뻗어나가는 한강 물을 보니 현장에 대한 근심보다는 한강 주변에 생활 터전을 잡고 사는 이웃들에 대한 걱정이 앞섰다. 하지만 사람의 힘으로는 결코 막을 수 없었다.

어느덧 일주일이 지났다. 그해 장마는 온 지역에 많은 상처를 남기고 말았다. 다시 5층에 올라 한강을 바라봤다. 언제 그랬냐는 듯이 평온한 상태로 유유히 흐르고 있었다. 도로를 달리는 차들과 주변 공원의 사람들까지……. 모두 다 원상태로 돌아왔다. 차들은 여전히 바쁘게 제 갈 길을 가고 있었고, 사람들은 다시 웃음을 찾았다. 반짝이는 물줄기는 평소 모습처럼 아름다웠다.

서울을 꿰뚫으며 흐르는 한강은 이렇게 오랜 시간 사람들과 함께했으리라. 한강이 할퀸 상처에 어려움을 겪지만 이내 다시 한강을 보며 치유받고 있었다.

클래식과 암소

어르신 한 분이 억울하다고 빽빽 고함을 치며 관리 팀장과 한창 신경전을 벌이고 있었다. 팀장은 황당하다는 듯 말했다.

"아니 어르신 어떻게 암소가 유산된 게 우리 현장 때문입니까? 다른 원인이 있겠지요."

어르신이 질 수 없다는 듯이 목소리를 높였다.

"이때껏 송아지를 쑥쑥 낳았던 암소들이 지금은 임신은커녕 임신한 송아지도 유산하는 게 이 현장이 생기고부터라니까!"

단단히 화가 난 상태였다. 그러고는 내일은 마을의 다른 주민과 함께 올 테니 끝장을 보자는 말을 남기고 돌아갔다. 우리는 걱정이 앞설 수밖에 없었다. 긴급하게 관리 팀장이 회의를 요청했고 각 팀장들이 한자리에 모였다.

"오늘 민원이 들어온 건 잘 알고 있지요? 현장 경험이 많다 해도 이런 일은 또 처음이네요. 우리 현장의 공사 소음이나 진동이 암소의 유산과 어느 정도 관련이 있을까요?"

다들 알 리 없었다. 그러다 조용한 침묵을 깨고 토목 팀장이 입을 열었다.

"지금 우리 현장의 주요 공사는 터파기인데, 기계 소음이야 그렇다 치고 …… 암반에 발파를 점심 때마다 하고 있는데 그게 그나마 암소들에게 영향이 있을까 싶네요."

무진동으로 조심스럽게 공사를 하고는 있지만 동물들에게는 느닷없이 울리는 자그마한 진동이 스트레스가 될 수 있다고 말했다. 그럴듯한 이야기였다. 충분히 개연성 있을 만한 환경 변화다 싶어 팀장들이 먼저 축사에 가보기로 했다.

현장 아래로 300미터 정도 하천을 끼고 내려가니 전형적인 시골 모습이 보였다. 축사에는 50여 마리 소와 10여 마리의 송아지가 옹기종기 모여서 마치 평온한 대가족처럼 느릿느릿 움직이고 있었다. 조심스럽게 축사 안을 들여다보니 다른 소와 다르게 한쪽 구석에서 연신 자신의 몸을 핥고 있는 소가 눈에 들어왔다. 단번에 알 수 있었다.

'아, 저 소가 어르신이 얘기했던 그 암소구나.'

현장 사무실로 돌아와 다시 미팅을 했다. 그냥 기존대로 공사를 계속할지 소들에게 영향을 끼칠 가능성을 고려해 대책을 세울지 의견을 나누었다. 그 결과 최소한의 대책을 세우자는 쪽으로 결정되었다.

사람이 살아갈 터전을 만드는 건설 현장은 주변을 해치면 안 된다. 모든 게 완벽하게 끝나고 우리가 떠난 뒤, 여기를 살고 있는 주민들과 살아갈 주민들이 아무런 오해도 선입견도 없이 하나의 마을에서 지내야 하기 때문이다.

의견은 모아졌지만 마땅한 방법이 나오지 않았다. 돈이 더 들더라도 기술적으로 해결할 수 있는 방안이 있다면 해보겠는데, 아무리 돈을 써도 지금보다 약간 덜한 진동일 뿐 완벽한 해결책으로 볼 수 없었다. 그렇게 의미 없이 시간만 흘러갈 때쯤 전기 팀장이 의견을 냈다.

"제가 우리 집 반려견 두 마리와 의사소통을 하는 방법이 있는데요."

평소에도 유난히 지나가는 강아지만 봐도 좋아하던 전기 팀장이었다.

"그런 게 있어요? 어떻게요?"

"바로 음악입니다. 뭐 별거 없습니다. 일어날 때, 밥 먹을 때, 산책 나갈 때, 잠잘 때 전부 다 다른 음악을 들려주곤 합니다. 그러면 용케도 지금 뭘 하려는지 딱 알아채고 준비를 하더라고요. 음악을 통해 이 진동을 소들이 예측할 수 있게 만드는 방법을 준비하면 어떨까 싶습니다."

전기 팀장의 의견은 이러했다. 갑작스러운 발파 작업으로 암소가 깜짝 놀라지 않도록 발판 5분 전에 미리 음악을 틀어 알려주는 것이다. 예측된 진동에서는 스트레스를 그나마 덜 받을 거라는 게 그의 생각이었다. 그럴싸한 의견이었다. 사람 또한 소리와 알림으로 해야 할 일을 예측하고 음악으로 스트레스마저 완화하니 시도해볼 만한 방법이었다.

우리는 곧장 축사로 향했다. 어르신께 우리가 고안해낸 방법을 말했다.

"아니 무슨 말 같지도 않은 소리를 합니까? 책임지기 싫어서 별수를 다 쓰는 것 같은데 그런 방법을 가져오려면 오지도 마쇼!"

손을 휘저으며 고개를 젓는 어르신에게 한 번만이라도 시도해보자고 사정할 수밖에 없었다. 겨우 한 번의 시도를 허락받은 뒤 실행에 옮겼다. 축사에 스피커를 설치하고 발파 5분 전에 무전기에 마이크를 대고 음악을 틀기로 했다. 음악을 틀기 전 무전이 왔다.

"어떤 음악을 틀까요?"

"우선 아무거나 틀어봐요."

처음은 신나는 가요 메들리였다. 빠른 리듬이 들리자, 소들이 놀라 산만하게 몸을 움직이기 시작했다. 탈락이었다. 그다음에 튼 음악은 동요였다. 그랬더니 아무런 반응도 없었다. 혹시나 싶어 마지막으로 조용한 피아노 클래식을 틀었다. 잔잔한 선율에 소들이 평안하게 움직이는 변화가 포착되었다.

'이거다!'

"피아노 클래식으로 틀어요."

남은 건 실전뿐이었다. 발파 5분 전 무전기 속 선율이 스피커를 통해 들렸다.

발파 5초 전, 4, 3, 2, 1, 발파!

첫날은 사실 우리나 어르신 모두 긴가민가했다. 하지만 소들에게도 적응하는 시간이 필요하니 며칠 더 기회를 달라고 사정한 끝에 몇 번 더 시도할 수 있었다.

며칠 후 정말 신기한 일이 벌어졌다. 불안해하던 첫날과는 달리 클래식 음악이 나오면 서 있던 소, 날뛰던 송아지가 제자리에 무릎을 꿇고 앉아 조용히 무언가 기다리는 듯 보였다. 평소와는 완벽하게 다른 모습이라고 했다. 또 발파 후 음악이 꺼지면 다시 평소처럼 움직이기 시작했다.

며칠 뒤 축사 어르신이 와 한 말씀 하셨다.

"거참 신기하네. 예전처럼 임신도 출산도 하지 뭐야."

토목 공사가 거의 마무리되며 발파 작업이 끝났고 '클래식 틀기 작전' 또한 함께 종료되었다. 어르신의 요청으로 스피커는 그대로 축사에 두기로 했다.

현장 일이 어느 정도 마무리된 후 오랜만에 축사에 가봤다. 축사에서는 클래식 음악이 나오고 있었다. 물어보니 종일 틀어놓는단다.

"내 새끼들 좀 봐. 얼마나 관계들이 좋아졌는지 이젠 백 마리가 넘어. 내 생각엔 클래식 덕분 같은데?"

속으로 생각했다.

'나도 아내와 함께 클래식을 즐겨야겠다.'

아내의 위엄

현장에서는 별의별 일을 다 겪는다는 말이 무색할 만큼 산전수전 '공중전'이 펼쳐진다. 대부분은 사람들과의 관계나 일화가 많은데, 한 현장에서는 사람과 개가 함께 공격을 해서 몹시 당황스러운 적이 있었다.

딱 아침 8시다. 그 시각만 되면 거의 호랑이처럼 사나운 셰퍼드 한 마리와 함께 경비실 앞을 막는 남자가 있었다. 아저씨라고 하기엔 나이가 있고, 할아버지라고 하기엔 또 젊은 남자는 다가서면 거친 말부터 쏟아냈다.

"왜 또 입구를 막으셨어요? 얼른 비키세요."

"아니, 시끄러워 죽겠다니까! 날 밟고 지나가야 공사든 뭐든 할 수 있을 거야!"

공사 현장은 일하는 사람에게도 안전을 요구하지만, 그 앞을 지나는 사람들에게도 안전을 요하는 위험 요소가 많다. 그 남자는 레미콘 믹서기 차량이 현장으로 들어오는 것도 막은 채 그대로 망부석처럼 입구에 서 있었다. 레미콘 차는 별수 없다. 그전과 마찬가지로 경찰차가 오기 전까지는 그대로 도로에 있을 수밖에.

경찰이 출동하면 그 남자가 하는 말은 매번 같다.

"도대체 시끄러워서 잘 수가 있어야지. 나 잠 못 자게 하니까 별수 있나? 나도 일 못 하게 해야지!"

매번 자기 하나 때문에 출동하는 경찰에게도 냉랭한 태도는 똑같았다. 셰퍼드 또한 마찬가지다. 주인 옆에 얌전히 앉아서 이를 드러내고 으르렁거린다. 하루 이틀이 아닌 일에 경찰도 매번 같은 소리밖에 못 한다.

"선생님, 이렇게 하시면 업무 방해로 함께 파출소로 ……."

파출소로 데려가려고만 하면 시치미를 뚝 떼고는 바로 등을 돌리는 식이다. 우리도, 경찰도 매번 반복되는 일에 지칠 수밖에. 참다못한 경찰이 그날은 한마디를 더 거들었다.

"현장에서 조금 더 애써주세요. 저희도 신고받으면 무조건 와야 하는 게 맞는데, 매번 이런 일로 여기만 들락거리면 정작 우리가 필요한 곳에는 가지도 못 해요. 한번 방법을 생각해주시죠. 아침마다 이게 뭔지……."

우리도 속이 타들어가는 건 마찬가지였다. 우선 남자의 집을 긴급 방문하기로 했다. 이미 자기가 어디에 살고, 얼마나 시끄러운 상황에 놓여 있는지 줄줄 읊어댄 터라 집을 찾는 건 어렵지 않았다. 빈손을 싫어할 게 빤히 보이니, 되는 대로 과일 몇 가지와 음료수 박스를 손에 들고 초인종을 눌렀다.

"왈 왈 왈!"

아침마다 이를 드러낸 그 개가 틀림없었다. 남자는 문을 열어주기는커녕 잠깐 창문을 열어 대문 밖을 보고는 그대로 거친 말을 쏟아냈다. 아침마다 하는 그 욕이었다.

"에이, 어차피 틀렸다니까."

"돌아가 일이나 합시다."

모두가 발을 돌리는 순간, 대문이 활짝 열렸다. 한 여자가 빼꼼 얼굴을 내놓더니 말했다.

"누구세요? 어떻게 오셨죠?"

"안녕하세요, 사모님. 저희 저 위 공사 현장에서 일하는 사람들입니다."

"시끄러워서 많이 불편하셨죠? 인사도 드릴 겸 찾아왔습니다."

우리를 맞이하는 여자의 목소리는 부드러웠고 우리는 말이 통하는 누군가를 찾은 기분이었다. 남자는 여전히 창문 앞에서서 우릴 향해 욕을 해댔다. 그 소리를 들은 여자가 목소리를 싹 바꾼 채 뒤돌아서 큰소리로 외쳤다.

"들어가 있어!"

여자의 한마디에 남자는 욕을 멈추고 창문을 닫았다. 분위기를 눈치챈 셰퍼드도 곧바로 꼬리를 내리고 구석으로 몸을 숨겼다. 다시 우리 쪽으로 몸을 돌려 하는 말.

"내가 정말 못 살아요. 못 살아! 허구한 날 집에서 저러고 있다가 심심하면 나가서 시비만 걸고 다녀요. 이게 진짜 병인지 뭔지. 돈도 못 벌고 저 짓거리만 한 지도 지금 20년이 넘었어요. 먹여 살리는 것도 한두 해지 정말. 저 양반이랑 똑같은 저 개까지! 어휴!"

마치 우리를 기다렸다는 듯 하소연하시고는 시계를 보고는 황급하게 대문 밖을 나섰다.

"제가 9시 출근이라서요. 늦었네요. 아무튼 제가 남편은 단속해볼게요. 얼른 들어가서 일 보세요."

"네, 다음에 또 찾아뵙겠습니다."

들고 간 선물을 대문 안에 넣어두고는 우리는 현장으로 복귀했다.

"아니 그나저나 남자나, 셰퍼드 개나 사모님 한마디에 꼼짝도 못 하던데요?"

현장 사무실에서는 다녀온 집 얘기만 가득했다.

"그러니까, 앞뒤 안 가릴 것처럼 덤비는 사람인 줄 알았는데 별일이야."

그날 오후 주간 회의 때는 팀별로 이슈 사항을 발표하는 시간이 있었다. 관리 팀 이슈는 출입구를 지키는 경비 담당자의 퇴사였다.

"몸이 안 좋다고 하시니 붙잡을 수도 없어요. 하루빨리 대체 근무자를 구해야 하는데 사람 구하는 게 여간 쉽지 않을 듯싶습니다. 혹시라도 주변에 괜찮은 분이 있다면 추천해주세요."

순간 떠오른 사람이 한 명 있었다.

"저어……. 그분 어떠실까요?"

"누구?"

"누구긴요. 직원도 아니면서 아침마다 현장 출근하시는 셰퍼드 주인이죠."

모두가 고개를 가로저었다.

"경비라는 일이 그냥 문만 지키는 것 같아 보여도, 현장 얼굴인 셈이야."

"작업하는 근로자 출입을 관리해야 하는 자리인데 그런 사람이 할 수 있겠어?"

아무래도 미운털이 단단히 박힌 사람이긴 했다. 하지만 관리 팀의 생각도 나와 같았다.

"오늘 사모님이랑 이야기한 걸 곰곰 생각해보면, 그분이 그 자리를 맡기만 하면 민원도 해결되고 사모님 걱정거리도 단번에 없앨 것 같은데요?"

각자 생각이 달랐지만 사실 이렇다 하게 대체할 인원은 없었다. 우선 그 집에 찾아가 직접 물어보기로 했다.

집 대문 앞에서 차근차근 상황을 설명하자 걱정에 찌들었던 여자의 얼굴이 벚꽃같이 환하게 피었다.

"내가 근무 잘 서게 교육할 테니 그건 걱정하지 말아요. 그럼, 인사라도 먼저 나눠야겠죠?"

집안을 향해 "여보~" 하고 외치고는 문제의 남자를 문 앞으로 불렀다. 그러고는 자초지종을 차근차근 설명하는데…….

"안 해! 안 할 거야." 퉁명스러운 표정으로 그 말만 남기고 들어가는 게 아닌가.

'역시 아닌 건가.'

내 속마음을 읽었는지, 사모님은 다급하게 말했다.

"내 얘기라면 꼼짝도 못 해요. 걱정 마시고 우선 그 자리 꼭 남겨주세요. 제가 어떻게든 보낼 테니까."

우리가 할 수 있는 건 대답뿐이었다.

"네, 그럼 잘 부탁드립니다."

다음 날도 여느 날과 같았다. 단 하나 그 남자와 셰퍼드가 출근하지 않은 것만 빼고는.

"웬일이야? 아픈 거 아니야?"

그런데 관리 팀 직원이 와서 하는 말.

"사모님한테 연락이 왔어요. 내일부터 곧바로 출근 가능하다는데요?"

사실 그 말을 백 퍼센트 믿는 사람은 없었다. 그런데 다음 날 정말 현장 입구에 남자가 있었다. 개 없이 홀로. 그사이에 이발도 하고 면도도 해서 완전히 다른 사람이 되어 나타났다. 경비복이 깔끔하게 잘 어울리는 건 당연하고 오가는 사람에게 하는 경례 인사도 어찌나 큰지, 입구의 모습이 전과 완벽하게 뒤바뀌어 있었다.

"선생님, 이렇게 만나게 되네요. 앞으로 잘 부탁드립니다."

먼저 인사를 건넸다. 사나운 말밖에 못 하는 줄 알았는데, 수줍게 웃으시며 말씀하신다.

"그간 죄송했습니다. 그 미안함은 열심히 일하는 걸로 갚을게요. 안전!"

아름다운 모습이다. 아내 말을 잘 들으면 모두가 행복해진다는 게 바로 이런 걸까.

신혼집의 추억

"여기 위험해요, 할머니. 들어오지 마시라니깐요."

아무리 말해도 안하무인이다.

"건설 현장이라서 위험하다고요."

듣는 건지 마는 건지조차 알 수 없다.

"그럼 오늘만입니다. 다음부터는 절대 안 돼요."

그제야 알았다는 듯이 고개를 끄덕인다. 바로 한 재개발 현장에서 있었던 폐지 줍는 할머니와 나의 대화다. 현장에는 각종 자재와 쓰레기를 담아둔 박스가 많다. 그래서인지 어느 현장을 가도 이런 사람이 꼭 한 명은 있다.

어려운 살림이라 힘든 몸을 이끌고 나오는 건 이해한다. 하지만 현장은 일반적인 주택가와는 완벽하게 다르다. 대부분이 '위험하다'는 주의에 발길을 돌리는데, 특히나 이번 현장에서는 매번 오는 이 할머니만큼은 막무가내다. 이상한 건 조합에서도 "저 할머니는 꼭 관심 좀 가져주세요"라고 하는 통에 큰 소리 한 번 더 내기도 어려웠다.

"할머니, 다음에는 저희가 가져가실 만한 종이박스를 경비실 주변에 둘게요. 다음에는 여기 안으로 오지 마시고, 경비실로 가세요."

최대한의 배려였다. 하지만 바쁜 현장에서 박스만 골라 주워 경비실에 옮기는 건 어렵다. 어느 정도 모아두면 그 정도만 가져가시겠거니 하지만, 다음 날도 그다음 날도 또 안으로 들어오려고 하신다. 그런 모습을 보니 분노보다는 안쓰러운 마음이 앞섰다.

"할머니 집은 어디세요? 왜 폐지를 이렇게 주우세요? 최저생계비는 구청에서 받고 계시죠? 가족들은요?"

걱정되는 마음에 질문을 쏟아내도 매번 같은 답만 돌아온다.

"감사합니다. 고맙습니다. 폐지 좀 많이 주세요."

매번 할머니 때문에 현장 관리 소홀로 혼나는 직원이 생기지만 어쩌지도 못한다. 그렇게 공사가 끝나갈 때까지 할머니 출입을 막을 수 없었고, 우리는 할머니가 오면 안전하게 폐지를 줍고 가도록 주변을 살폈다.

드디어 입주가 시작되었다. 관리 사무소에 나머지 업무를 인수인계하면 끝나는 상황까지 온 것이다. 그런데 희한한 일이었다. 입주가 시작되는 시기와 동시에 할머니가 흔적도 없이 사라진 것이었다. 사실 입주 시기엔 폐지가 더 어마어마하다. 많은 사람들이 이사를 하며 사용한 포장 박스, 새로 산 물건을 포장한 박스를 끝도 없이 버린다. 하지만 여전히 할머니는 만나볼 수 없었다.

그렇게 한 달 정도 시간이 지났을까? 단지 내에서 할머니가 네댓 명의 사람과 함께 지나가는 게 보였다. 그간 정이라도 들었던 걸까. 건강이 안 좋아진 게 아니었다는 안도감에 곧장 달려가 인사를 드렸다.

"할머니! 그동안 어떻게 지내셨어요? 폐지는 아직도 찾아다니세요? 여기 폐지 어마어마하게 많아요."

그러자 또 똑같은 답변만 돌아온다.

"감사합니다. 고맙습니다."

그러다 느닷없이 뒤를 돌아 일행에게 나를 소개했다.

"여기 이 분이 현장에서 배려 많이 해주셨다."

따님인 것 같았다.

"너무 감사합니다. 우리 엄마 여기 오갈 수 있게 해주셔서 너무 감사했어요."

"아니, 제가 뭘요. 그나저나 여긴 웬일이세요?"

"저희 여기 재개발 원주민이에요. 조합원이요. 아마 다음 주쯤 입주할 것 같아서 둘러보러 왔어요."

아차차. 고객인 셈이었다. 들어보니 조합원 자격으로 가장 큰 평수에 입주한다며 한껏 들뜬 모습이었다. 재개발과 조합원, 입주 이야기가 오가자 할머니가 갑자기 눈시울을 붉혔다.

"어휴, 엄마 또 운다."

그러더니 따님도 함께 눈시울을 붉히는 게 아닌가.

'내가 뭔 잘못이라도 한 건가.'

"아휴, 죄송해요."

들어보니 이 지역, 터에 참 사연이 많은 분이었다. 할머니는 남편과 함께 이곳에 무려 40년 전부터 살았다고 했다. 그 시절 배운 게 많은 사람은 적었던 터라 남편분은 공사장을 오가며 성실하게 가정에 최선을 다하셨다고 했다. 재개발 이야기가 나오자 팔지, 살지를 두고 고민하다가 결국 자녀들을 출가시키고 이곳에서 조용히 두 분이서 여생을 살기로 결정한 것이다.

재개발이라는 게 사실 말이 나오고 나서도 오랜 시간이 걸린다. 삽을 뜨기 전까지 이해관계를 다 정리하는 데만 해도 수년은 족히 걸리는 일이다. 게다가 시청에서 무산과 합의를 거치면 10년도 더 걸리는 게 재개발이다.

그렇게 재개발을 기다리며 살던 어느 날 느닷없이 남편이 일하는 현장에서 전화가 왔다.

"죄송합니다. 옥상에서 떨어진 자재에 그만……."

갑작스러운 남편의 죽음에 할머니는 충격에 빠졌다. 살았던 동네를 오가며 폐지를 줍고 남편과 함께 살던 곳에서 남편의 모습을 그리워한 것이다. 이제는 함께할 수 없다는 슬픔에 보금자리 주변에서 계속 그리워하신 것이다. 괜히 마음이 뜨거워졌다.

"할머니, 어떠세요? 남편분도 신혼집이 많이 좋다고 하시지요?"

할머니는 조용히 고개를 끄덕이셨다. 본 적 없지만 마치 처음 결혼을 하던 시절의 할머니 표정이 바로 저런 모습이었을까 하고 생각하게 되었다.

눈동자

장마 기간이 끝나면 본격적인 무더위가 시작된다. 잠깐 밖에 나가 현장 순찰만 돌고 와도 숨이 턱턱 막히는 더위에 절로 시원한 물을 찾는다. 그날도 다를 바가 없었다. 후끈한 온도, 내리쬐는 해를 피해 지하 주차장에 잠시 몸을 피했다. 그늘이라고는 하지만, 한여름의 습도는 금세 온몸을 끈적거리게 만들고 불쾌지수 100이라는 게 무엇인지 알려준다.

지하 주차장 가장자리에서 큰 소음이 들렸다. 근로자 열 명 정도가 거푸집 해체 작업을 하고 있었다. 터파기 공사가 끝나고 본격적으로 골조 공사가 시작되면 철근을 배근하고 거푸집을 설치한다. 이후 콘크리트를 타설한 뒤에 양생하고 거푸집을 해체하는데 오늘이 그 순서였다.

철근을 넣고 거푸집을 세우고 그 안에 콘크리트를 넣는 작업은 주요 공사이기에 관심이 많지만, 거푸집 해체는 그에 비해 단순한 작업으로 생각한다. 하지만 이토록 더운 날 단단하게 굳은 거푸집을 해체하는 작업이 녹록지는 않았을 것이다.

'어휴 날이 이렇게 더운데 고생이시네.'

그도 그럴 것이 특히나 지하층은 일반 세대와 다르게 층고가 높아 안전상 많은 위험 요소가 있다. 게다가 더위와 습기, 타설된 콘크리트에서 뿜어져 나오는 수화열까지 더해지면 그야말로 용광로 그 자체다. 작업도 중요하지만 근로자들의 안전이 걱정되었다. 현장 반장을 찾아서 진행 사항을 체크하기로 했다.

"반장님 어디 계세요?"

순식간에 일을 하던 작업자들이 얼굴을 돌려 나를 바라봤다. 작업등으로 주변을 환하게 밝히고는 있었지만 지하 공간이다 보니 어두침침한 건 어쩔 수 없었다. 작업자들 주변으로 가까이 다가가 보니, 전부 상의를 벗은 채 일명 '빠루'라고 불리는 쇠지렛대와 망치를 들고 온몸의 열기를 뿜어내고 있었다. 잠시 후 작업자들 사이에서 반장이 나왔다.

"네, 저 찾으셨어요?"

"반장님 안녕하세요. 얼마나 고생이 많으세요. 특히나 오늘은 너무 더운데 다른 날로 옮길 순 없었을까요? 아무래도 안전상 문제가 있을까 싶어 걱정이네요."

"아, 안 그래도 작업자들한테 힘들면 곧장 말하라고 해뒀습니다. 근데 오늘 일을 마쳐둬야 저 사람들도 더 편할 거예요."

거푸집 안의 콘크리트가 더 단단하게 굳어버리면 해체 작업은 곱절로 힘들어진다. 두 배의 힘으로 두 배의 시간을 들여야 하는 것이다.

"특히나 공정상 내일 먹매김 일정이 있거든요. 오늘 청소까지 완료해야 합니다. 안 그러면 일정이 꼬여버려요. 그래서 긴급으로 오늘은 두 팀을 넣었습니다."

먹매김은 설계도를 현장 바닥에 그리는 일이다. 워낙에 중요한 일정이라 늦어지거나 잘못되면 모든 것을 다시 해야 하는 불상사가 생긴다.

"그럼 같이 시원하게 음료수랑 빵 하나 같이 드시지요."

반장이 호루라기를 크게 여러 번 불더니 손짓 발짓으로 그들을 한데 모았다. 대형 선풍기가 좌우로 돌면서 더위를 멀리 보내고 있었다. 찬찬히 보니 다섯 명씩 무리를 지어 음료수와 빵으로 허기를 달랬다. 저렇게 나누어진 두 팀인가 싶었는데, 두 팀 분위기가 달라도 너무 달랐다. 내가 이상하게 여기는 걸 눈치챘는지 반장이 입을 뗐다.

"두 팀 분위기가 확연하게 다르죠? 완전 다른 사람들이라고 보면 됩니다. 저기 시끄러운 팀은 베트남에서 왔어요. 작은 체구로 얼마나 지독하게 일하는지 몰라요. 물론 저희에겐 너무 고마운 팀이죠."

왁자지껄 이야기를 나누고 웃는 베트남 작업자에게서 고개를 돌렸다. 반장은 반대편 팀을 눈짓으로 가리키더니 말했다.

"다른 팀은 아예 말이 없죠?"

"그러네요. 혹시 싸운 건지, 일이 힘들어서 그런 건지……."

"아니에요. 농아예요. 말도 못하고 귀도 안 들리는 장애인입니다."

다부진 체격에서 그간 얼마나 힘든 일을 해왔는지 느껴졌다.

"그래서 조용했던 거군요."

"알다시피 현장 일이 얼마나 힘듭니까. 모두가 피하는 일을 환경에 연연 안 하고 오는 분들은 정해져 있는 셈이죠."

다시 유심히 그들을 바라보았다. 그제야 아까는 전혀 안 보이던 게 보였다. 그들은 입을 닫고 있었지만, 서로가 서로의 눈을 쳐다보고 있었다. 눈으로 서로의 마음을 다독이고 힘내라고 응원하는 말을 주고받는 느낌이었다. 나는 일부러 더 가까이 다가가 말했다.

"날이 많이 덥죠? 우선 안전에 유의하시고요. 애써주셔서 감사합니다."

그렇게 그들을 뒤로 한 채 작업 현장을 빠져나왔다.

퇴근 후 깨끗하게 씻고 나서 거울에 비친 내 얼굴을 바라봤다. 아니 그보다 내 눈을 응시했다. 희한하게도 사나운 기운이 훅하고 사라진 것만 같았다. 아까 본 열 명의 선한 눈동자 덕분이었다.

작은 고추는 진짜 맵다

서울의 한복판 현장에 있을 때였다. 그동안의 프로젝트에 비하면 손바닥만 한 규모라 마음이 놓였지만, 도심 한가운데 자리 잡고 있어 작업 진행이 만만치 않았다. 그동안의 프로젝트는 기초부터 하부까지 터파기를 다 하고 일반적인 순서대로 진행했다면, 이 프로젝트는 주변 기존 건물과 공사 기간에 따라 탑 다운이라는 공법을 적용하는 방식이었다.

지상에서 지지할 수 있는 기반을 조성한 후 지상과 지하를 동시에 시공하는 것, 즉 지상 공사를 하면서 지하 터파기도 진행하고, 지하 1층 구조물부터 마지막 기초 타설까지 함께 하는 일반적이지 않은 현장이었다. 또한 탑다운 특성상 축력 조건이 있어 기초를 다지기 전에는 지상 9층 위로는 작업할 수 없었다. 보기엔 작고 귀엽게 생긴 모습이었으나 들여다보면 보통 건물 아니, 보통 놈이 아니었다.

휴일 오후 반갑지 않은 전화 한 통을 받았다. 흙막이 후 터파기 진행 중 인근 건물에 일부 토사가 흘러 들어갔다는 내용이었다. 휴일 오후에는 없었으면 하는 돌발 상황이었다. 곧바로 현장 담당자들에게 연락했다. 각자 주말 일정에 나가 있다는 답변을 했지만, 이내 자리를 정리하고 현장으로 모였다. 한 사람도 빠짐없이 모여 수습하고 나니, 휴일을 온전히 쉬게 하지 못했다는 미안한 마음과 함께 그래도 현장은 잘 정리되어 다행이라는 생각이 교차했다.

한여름이었다. 현장 일은 한창 속도를 내며 순조롭게 진행되었고, 그만큼 힘들지만 참 보람차다는 생각이 들었다. 많은 양의 비 예보가 있었지만 예상보다 훨씬 많은 비가 하룻밤 새 내렸다. 게다가 비가 이틀 넘게 오는 바람에 물에 범벅된 토사를 밖으로 빼내야 했다. 이런 상황에서 위험한 건 액상화 현상으로 토사가 마치 물의 성질처럼 바뀌는 것이었다. 그 흙들이 흘러 인근 구조물을 덮치면 큰 사고로 연결되기 십상이었다. 하지만 다함께 힘을 합쳐 상황을 처리할 수 있었다.

당시 리먼 브라더스 사태로 경제 상황이 심상치 않았다. 골조 공사가 거의 끝나갈 무렵 가장 중요한 외장 공사 커튼월 업체가 부도가 났다는 소식이 들려왔다. 돈과 시간 전부 부족했다. 직영 공사로 진행해야 했고 원자재, 단열재, 알루미늄 바, 백 판넬 도장 등 부족한 자재를 용인, 곤지암, 파주로 새벽부터 밤까지 바쁘게 움직여 구해 현장으로 보냈다.

하지만 문제가 또 있었다. 2011년 당시 기록적인 우천 일수도 문제였고 비가 오면 안전상의 위험으로 외장 일을 못 하는 게 문제였다. 하지만 방법이 없었다. 시공 팀이 24시간 대기했다가 들어오는 족족 설치하는 수밖에 없었다. 주간, 야간, 휴일, 명절 따질 것 없이 현장은 계속 돌아갔다.

시간이 어느덧 흘러 끝이 보이는 듯했다. 도로 포장을 하는 날, 이른 아침부터 많은 장비가 현장에 속속들이 집합했다. 곧 포장 공사가 시작되고 드디어 그토록 기다렸던 아스팔트 유제 향이 나의 오감을 감쌌다.

아스팔트 유제 향에 그동안 있었던 일들과 고생했던 과정들이 스쳐 지나갔다. 그래서 이 냄새를 그렇게 기다렸던 것이다. 아주 호된 경험이어서 작은 고추가 진짜 맵긴 맵다는 생각을 했다. 아무튼 '땡초' 덕분에 도심지 오피스, 탑다운, 커튼월 등 새로운 경험을 하며 스스로도 더욱 단단해진 것 같은 기분이 들었다.

"많은 경험과 사연을 선물해준 땡초야 고맙다."

10년 후 같은 발주처로부터 연락이 왔다. 입주해서 10년간 문제없이 잘 쓰고 있고, 그래서 정말 감사하다는 인사였다. 그것보다 더 좋은 소식은 우리 회사가 10년 전에 맡았던 프로젝트의 네 배 규모를 제안받았고 시공사로 선정되었다는 소식이었다.

묘수보다 더 중요한 것

현장 작업 시작과 동시에 생기는 걱정거리 중 하나는 근로자 주차 문제다. 새벽같이 시작하는 업무 특성상 대중교통을 이용하기엔 어렵고, 특히나 작업복과 작업화 등을 들고 다니기엔 자차 출퇴근이 훨씬 수월하다. 그 많은 현장 사람이 차로 출근하니 자연스럽게 주차난이 생기기 마련이었다.

새로 배정받은 A 현장에서는 다행스럽게도 주변에 커다란 시장과 하천이 있고, 도로 일부 갓길에서는 도로 점용이 가능해 주차에는 문제가 없었다. 또 시장에서의 민원 발생도 미리 사전 소통해둔 덕에 차단할 수 있었다. 그것도 그럴 것이 재건축으로 1천 가구 정도가 이주한 탓에, 시장 매출에 큰 타격이 있는 듯싶었다. 출퇴근하는 근로자들이 밥도 먹고 장을 보며 시장의 활력을 되찾아줄 거라 내심 기대하는 것 같았다.

아니나 다를까. 넓은 현장 탓에 초기부터 500여 명의 근로자가 근처에 임시로 터를 잡게 되었고 그간 조용했던 동네에 활기가 넘쳐났다.

문제는 다른 데서 일어났다. 시장 상인과 근처 주민들에게서 민원이 빗발치기 시작한 것이다. 이유는 바로 근로자들 환복 문제였다. 정확하게 말하자면 탈의 장소였다. 근로자들은 출근해서는 작업복으로, 집으로 갈 때는 일상복으로 갈아입기 마련이다. 현장 근로자들은 옷을 보관할 곳이 마땅치 않아 대부분이 차에 작업복과 일상복을 두고 갈아입는데, 차 안이 아닌 차문 밖에서 휙 하고 탈의를 하니 보는 사람들이 질겁할 수밖에! 새벽에는 워낙 이른 시각이고 캄캄해서 문제가 덜 하지만, 퇴근하는 이른 저녁에는 시장을 오가는 많은 사람이 그 장면을 목격하게 되었다.

차 트렁크를 열고는 갑자기 속옷 바람으로 서 있는 남자들을 보면 얼마나 놀라겠는가! 급기야 현장 주변 여중고등학교를 비롯한 초등학교까지 민원이 빗발쳤다. “지나가다 못 볼 걸 보게 된다!” “성희롱과 같은 거 아닌가!” “애들 교육으로도 문제다!” 등등, 심지어는 집값이 떨어진다는 희한한 민원까지 들어오는 상황에 놓였다. 민원이 돌고 돌아 우리 귀에까지 들렸으니 시청, 구청에는 진작 접수되었다.

우리에게 불호령이 떨어졌다.

"지속적으로 민원이 발생하면 즉각 공사 중단 조치하겠습니다."

강력한 경고였다. 물론 당장 공사를 중단시킬 정도의 문제가 아니라는 걸 알았고, 그만큼 확실하게 조심하라는 뜻이라는 것 또한 알았다. 하지만 우리만 편하자고 보는 사람이 부끄러워지는 행태를 나 몰라라 할 수만은 없는 노릇이었다.

아침 조회마다 SNS를 통해 적극적으로 홍보했다.

"옷은 꼭 근로자 컨테이너를 이용해주시기 바랍니다.

펜스 밖은 현장이 아닙니다.

자칫하면 성희롱범으로 몰릴 수도 있습니다."

어르고 달래고, 나름의 협박도 하면서 민원을 막기 위해 노력했다. 하지만 앞서 말했듯 초반 신규 유입 인원만 5백 명인 곳을 관리자 몇몇이 관리하기란 어려운 일이었다. 민원이 확실하게 줄어들 만한 묘수가 필요했다.

신규 채용자 교육, 정기 교육……. 교육 시간을 활용해보고 그간 해온 SNS 홍보에 전단지까지 만들어 사람들에게 적극적으로 알렸다. 특히나 출근 시간과 퇴근 시간에는 직원, 협력사 책임자들끼리 조를 편성해 순찰까지 돌았다.

"저기요! 여기에서 옷 갈아입으면 안 됩니다!"

"죄송합니다. 깜빡했네요."

꾸준히 알린 덕분에 다들 차 밖에서 옷을 갈아입는 게 안 된다는 건 아는 듯싶었다. 순찰을 돌면 다급하게 차 안으로 숨어드는 예의라도 보이니 그게 어디랴. 근본적으로는 모든 사람을 막을 수는 없었지만 시장 상인들도 현장에서의 노력을 잘 보았는지, 차츰차츰 민원이 줄어들었다.

시간은 흐르고 도로 점용 기간도 끝이 났다. 주차로 쓰던 자리는 이제 나무와 화단, 도로와 인도로 바뀌었다. 주차도 당연히 불가능해 딱지 끊기기 딱 좋은 자리로 탈바꿈했다. 물론 현장 업무가 전부 끝나기까지 차 밖 탈의는 막을 수 없었다. 하지만 근로자와 시장 상인, 우리 현장 관계자들 모두에겐 문제를 해결하고자 하는 간절함과 적극적인 소통이 있었다. 묘수 아닌 묘약과 같은 순간이었다.

2부

나는 인간 타워크레인이다

홀로 설 수 없는 타워크레인

공사 현장이라고 할 때 가장 먼저 떠오르는 모습이 있는가. 나는 타워크레인이 가장 먼저 떠오른다. 공사 진행 시작과 함께 곧바로 가설 펜스가 설치된다. 그런 다음 높은 타워크레인이 삼삼오오 모여 진정한 현장의 모습을 알린다. 이제 이 장소에 드높은 건물이 들어선다는 안내와도 같다. 타워크레인 주변으로 건물이 한 층씩 차곡차곡 쌓이는 모습을 볼 때 현장 사람들의 땀방울이 함께 쌓이는 듯한 기분을 느낀다.

타워크레인이 설치되고 해체되는 과정을 보면 더더욱 현장의 묘미를 알게 된다. 타워크레인을 세우기 위해서는 미리 기초 앙카 설치 작업이 필요하다. 그러고는 타워크레인의 동력이 되는 전기를 연결해놓고 타워크레인을 세우는 준비에 들어간다.

11톤 화물차 수십 대에는 각각 분리된 타워크레인 조각이 실려 있다. 이른 새벽부터 설치 순서에 맞춰 그 조각들이 현장에 진입하는 것이다. 거대하고 기다란 타워크레인을 세우는 일은 보이는 것처럼 워낙 위험한 작업이다. 각종 안전 교육이 시행되어야 하고 법적인 절차에 맞춰 진행되어야 한다. 이 모든 것을 마쳤을 때 비로소 시공 팀이 첫 차를 맞이할 수 있다.

화물차에 실린 타워크레인의 한 조각, 한 조각은 마치 퍼즐이 맞춰지듯 일사분란하게 모양을 잡는다. 그리고 저녁쯤이 되면 자기 자리를 잡은 듯 타워크레인의 모습이 드러난다. 타워크레인의 키가 본격적으로 커지는 건 그다음 날이다.

날씨와 여러 조건에 따라 다르겠지만 대략 3일에서 4일이 지나면 멀리서도 현장이라는 걸 뚜렷하게 알 수 있을 정도로 큰 키를 갖게 된다. 타워크레인이 도맡는 건물에 따라, 타워 간 간섭이 없도록 설계하는 것에 따라 다르겠지만 단 며칠 만에 홀로 설 수 있는 최대 높이에 다다른다. 하나의 타워가 우뚝 서면 그 주변으로는 아무것도 없다. 주변을 콘크리트 숲으로 만들겠다는 위풍당당한 모습이다.

타워크레인 주변을 둘러싼 건물이 무럭무럭 자라 어느새 타워 높이와 비슷해지는 순간이 온다. 건물을 완벽하게 올리기 위해서는 미리 타워의 키를 건물보다 더 높여야만 한다. 재밌게도 이 순간만큼은 타워가 홀로 높아질 수 없다. 주변에 세워진 건물에 기대어 보통 3~5층 단위 철골재로 건물과 연결된다. 즉 타워의 도움으로 세워진 건물이었지만 어느 순간 건물의 도움이 있어야만 타워크레인의 키가 더 높아질 수 있다.

타워크레인을 보며 현장의 생동감을 느끼는 것도 이 때문이다. 마치 우리 인생과 참 비슷하다. 보금자리를 만들고 터를 잡고 가정을 꾸리는 것, 아이들이 커가는 동안 우리는 모든 에너지를 쏟아 아이들이 성장하게끔 만든다. 성장을 위한 희생만 있는 건 아니다. 아이들이 성장하는 만큼 나 또한 그만큼 자란다. 여러 시행착오와 더불어 위기를 겪고 결국엔 함께 그 위기를 극복하게 된다. 어느덧 성장한 아이들을 위안 삼아 인생의 후반전을 준비하게 되고 성장한 아이들은 또 다시 나의 과정을 반복한다.

타워가 자기 역할대로 충실히 건물을 올리고 나면 이제 해체가 남는다. 건물과 연결된 철골재 하나하나를 분리하면서 설치한 반대 순서로 해체하는 것이다. 그 아래에는 처음 왔을 때와 마찬가지로 11톤 화물차 수십 대가 대기하고 있다. 아마 다음 현장에서 또 다른 시작을 할 것이다. 나와 내 아이들처럼 말이다.

옹벽을 채우다

하나의 프로젝트를 마무리하고 곧 바로 다음 프로젝트로 넘어가야 할 때였다. 그동안 현장에 함께 있었던 선배를 따라 간 그곳은 500세대씩 세 개 공구가 있는 큰 규모였다. 회사에서도 워낙 중요하게 여기는 곳이라 소장은 믿을 만한 사람들이 나서야 하는 일이라고 말했다. 당시 나는 몇 곳의 현장을 누비며 자신감이 넘치던 때였고, 어려운 프로젝트에 투입된다는 두려움보다는 내 실력을 확인할 좋은 기회로 여겼다.

두 공구는 산 위쪽과 아래쪽으로 나뉘어 있었고 나머지 한 공구는 전체 현장을 가로지는 하천 쪽에 있었다. 그중 가장 컨디션이 좋지 않은 곳은 하천에 있는 공구였다. 나는 평소 능력을 인정받는 과장과 함께 이곳을 배정받았고 현장 시공 경험을 크게 쌓을 수 있으리라 기대했다.

당초 24개월 내 15층 건물을 올려야 하는 프로젝트였다. 하지만 절토 후 성토를 진행하면서 예상 못했던 리스크가 드러났다. 물이 흐르는 하천 옆에 성토를 할 땐 흙을 쌓을 수 있는 옹벽, 즉 함형 옹벽이나 L 자형 옹벽 둘 중 하나로 진행해야만 하는데, 도면에 반영은커녕 공사 기간 산정조차 다 누락되어 있던 것이다.

옹벽 변형에 투입될 시간을 대충 가늠해도 24개월의 공사 기간이 36개월로 늘어나고, 공사 금액도 대략 80억 원이 추가되어야만 했다. 진행을 할지 말지, 발주처로 돈을 받을지 말지의 문제를 두고 윗사람들의 고심이 연일 지속되었다. 소장실은 담배 연기로 가득했고 공사 부장의 낯빛은 어두운 채 며칠이 지났다. 어느 날 소장이 우리를 모아놓고 말했다.

"여러 난관은 있겠지만, 한번 해봅시다. 할 수 있습니다."

현장 일을 어느 정도 경험해보고 아는 사람이었다면 모두가 도망쳤을 상황이었다. 옹벽 공사를 빠르게 완료한다고 얼추 가늠해도 12개월이나 더 걸리는 공정이었다. 그것마저도 계획대로 진행되었을 때의 계산이었다. 사실 몇 년 현장을 다닌 사람이었다면 예상보다 더 걸린다는 걸 단번에 알았을 것이다. 하지만 결정권자의 말에 그 누구도 반기를 들 수 없었다. 어차피 회사 안 누군가는 꼭 해야 하는 일이라는 걸 알았기 때문이다. 우리는 모두 소장의 지시를 따르기로 했다.

공사 부장의 지도 아래 새로운 공정표와 원가를 다시 잡았다. 하천 옹벽 공사는 무려 500미터의 길이, 30미터의 높이였다. 공사 부장은 옹벽을 세우고 토사를 채운 뒤 파일을 박아야 하나 고민했지만 여건상 통 콘크리트를 채우기로 결정했다. 우선 500미터를 10등분 해 수평 구역 10구간을 만들었고 수직 30미터에는 2.4미터의 폼 두 장 높이로 13구역을 만들었다. 결과적으로 도합 130구역에 타설을 진행하는 공정이었다.

토목공사에는 여러 가지 공법이 있지만, 우리는 가장 원시적인 방법을 택했다. 하천 바닥에 있는 암반까지 청소하는 족족 앙카를 용접해서 폼 2.4미터 가세근(일명 기리바리)를 세우고 주간 일정이 끝나면 밤새도록 각 구역에 레미콘을 넣는 방식이었다. 차량에 있는 슈트로 바로 내려 펌프카도 필요 없었지만 어떨 때는 폼이 터져 처음부터 다시 할 때도 있었다. 수십 명이 꼬박 옹벽에만 달라붙어야만 공정이 가능한 일이었다. 복잡하고 손이 많이 드는 만큼 처음에는 각자 어떻게 해야 할지조차 감을 잡지 못했지만 시행착오를 거치며 나중엔 제법 손발이 잘 맞았다.

이 작업은 콘크리트 평탄화를 할 때도 녹록지 않았다. 기존의 평탄화하는 판자를 갖고 이리저리 시도해봐도 답이 안 나왔다. 깊이도 넓이도 모두 달랐기 때문이었다. 결국 스티로폼을 양쪽 지지대에 줄을 걸어 고정을 했고 이 스티로폼을 왔다 갔다 움직이며 평탄화를 완료했다. 그렇게 석 달 만에 공사가 끝났다. 열두 달치 공사가 단 3개월 만에 끝이 난 것이다. 이후로도 공사가 끝나는 24개월 동안 긴장감을 놓을 수 없었다.

시간이 흘러 사람들이 입주했다. 버텨낸 스스로가 참 대단했지만 특히 큰 결정을 한 소장, 지침에 따라 불만 없이 최선을 다한 공사 부장과 과장이 대단했다. 추가로 투입된 금액 80억 원 역시 발주처로부터 증액을 받았다. 모두의 땀방울로 문제를 해결한 현장이었다.

그런데 한 가지 간과한 게 있었다. 사람의 정신은 강할지라도 육체가 지치면 함께 쓰러진다는 것을. 큰일을 해내고 일에 대한 보람이 솟구쳤지만 그 영광은 찰나였다. 이내 마음과 반대로 몸이 움직였다. 매번 이런 일을 반복한다고 생각하니 눈앞이 캄캄해지며 아찔하다는 생각이 밀려들었다. 일종의 번아웃을 극심하게 겪게 된 것이다. 아무런 것에도 힘을 얻을 수 없던 나는 그렇게 몸담았던 첫 회사를 떠나게 되었다.

최고의 안주

갑자기 무전기가 지글지글 소리를 내뱉었다.

"14시 현장 소장님 긴급회의 소집입니다. 회의실로 오세요."

평상시엔 팀장들만 부르는데 현장 막내인 나까지 부르는 걸 보면 뭔가 있는 듯싶었다. 역시나 회의실 안 적막함이 심상치 않았다. 굳게 입술을 다물고 있던 소장이 조용조용 말을 시작했다.

"준공이 6개월 남았는데 지금 상황으로는 부족한 부분이 많습니다. 따라서 이번 주부터 입주자 점검이 있는 5개월간 격주 1일 휴무, 즉 2주에 하루 쉬는 걸로 진행하려고 합니다. 물론 시일 내 준공이 되면 그간 못 쉰 휴일은 충분히 보상할 예정입니다. 혹시라도 주말 근무가 어려운 직원이나, 이 사항에 대해 불만 있는 직원은 지금 손을 들어보세요."

속으로 생각했다. '헉, 이게 말이야, 양말이야.' 세상에 휴무가 없다니! 공산주의 국가도 이런 상황은 없을 것만 같았다. 순간 머릿속이 복잡해졌다. 그저 일하기 싫어서만은 아니었다. 나름의 속사정이 있었다.

집안에 안 좋은 일이 닥쳐 휴일에는 꼬박 아버지와 함께 단골 식당에 가서 매기 매운탕에 소주 한 병씩을 마시고 사우나를 오가고 있었다. 사실 아버지께 양해를 구하고 저녁으로 약속을 바꾸면 될 일이었지만, 얼마 전부터 만나고 있는 여자와의 관계에는 적신호가 켜질 수밖에 없었다. 결혼을 생각 중이라 여자의 부모님께 결혼 승낙을 받아야 했는데, 그게 그리 간단하지만은 않았기 때문이다.

결혼을 염두에 두고 여자의 부모님을 만나게 되었는데, 만남의 장소가 집이나 식당이 아닌 어느 교회였던 것부터 심상치 않았다. 교회에 가 보니 중년 여성 다섯 명이 앉아 있었고 첫 인사가 끝나자마자 거의 심문에 가까운 질문이 퍼부어졌다. 질문과 대답이 끝날 무렵, 결혼에 대한 조건이 붙었다. 교회에 다닐 것. 결혼 승낙 유무는 교회에 얼마나 성실하게 다니는지를 보고 판단하겠다는 것이었다. 조건은 딱 하나였고 절대 거절할 수 없었다.

"네, 알겠습니다. 휴일마다 부모님이 다니시는 교회에 나가 예배를 드리겠습니다." 참고로 부모님과 만나는 여성은 각자 다른 교회를 다녀서 매주 내가 교회에 가는지는 확인할 수 없었다.

이러한 사정으로 나는 '주말에 출근하기 어려운 직원'이 될 수밖에 없는 상황에 놓여 있었던 것이다. 곰곰 생각하고 손을 번쩍 들었다. 소장뿐만 아니라 주위 직원들도 나의 돌발 행동에 깜짝 놀랄 수밖에 없었다.

"저는 일요일마다 쉬어야 됩니다."

어쨌든 말을 하라고 했고, 일요일에는 꼭 쉬어야 해서 손을 들긴 했는데……. 순식간에 찬물을 끼얹은 듯한 분위기를 만들고 말았다. 소장은 "알겠다"라고 짧게 말했지만 언짢은 표정은 숨기지 못했다. 그저 쓴웃음을 지으며 회의를 끝냈다. 이상하게도 이유를 묻지 않았다. 뭔가 내가 큰 잘못을 했다는 생각과 함께 돌이킬 수 없는 실수를 저지른 느낌이 밀려왔다.

아니나 다를까. 잠시 후 공사 과장이 나를 불렀다. 애써 꾹 참는 표정이 역력했지만 조용한 어조로 어떤 이유인지를 물었다. 나는 최대한 숨김없이 모든 사실을 말했다.

"그런 중요한 일이 있어? 알겠어. 그렇다면 내가 애써볼게. 대신에 예배는 오전에 시작할 테니, 새벽에는 출근하도록 노력해줘."

소장이 모든 직원에게 주말 출근을 지시한 사항이니, 다른 직원의 눈치를 안 보려야 안 볼 수가 없었다. 나는 일단 휴일 새벽 출근을 하고 오전 10시가 되면 잘 다려진 정장으로 갈아입고 현장 밖으로 나섰다. 날씨가 좋은 날이면 가끔 소장이 옥상에서 과자를 먹으며 내려다보는 경우가 있다는 것도 알고 있어, 최대한 눈에 띄지 않는 길로 움직여 현장이 있는 노량진에서 연신내까지 택시를 타고 이동했다.

교회에 도착하고 나서는 2층에서 예배를 드리고(사실 매번 한 숨 잔 게 전부이긴 했다) 끝날 때쯤에는 부모님께 인사를 드리고 빠르게 현장에 복귀했다. 공사 과장에게는 말해둔 일이지만, 007 작전 빰치게 빠르게 복귀해 옷을 갈아입고는 마치 현장을 벗어난 적 없다는 듯 시치미를 뚝 뗐다. 아는지 모르는지 나의 외출에 대해서 뭐라 하는 직원은 없었다.

그렇게 한 번도 소장 눈에 걸리지 않고 장장 5개월 동안 작전을 수행했다. 그리고 결국 준공도, 결혼 허락도 무탈하게 끝마칠 수 있었다. 스스로 일도 사랑도 성공했다는 사실에 스스로 감탄할 수밖에 없었다.

현장에서 준공 기념으로 파전에 막걸리로 마무리 회식을 할 때였다. 다들 얼큰하게 취할 즈음 한 직원이 말했다.

"어이 김 기사 만나는 여성하고는 잘 되가나? 자네 공사 과장님한테 정말 잘해야 되네."

알고 보니 5개월 전 내 사정을 안 공사 과장이 소장에게 찾아가 내 사정을 말하고 어느 정도 허락을 받아낸 속사정이 있었다. 내가 날렵하고 민첩하게 움직인 덕분이 아니라, 모두의 배려를 받은 것이었다.

"그때 과장님이 소장님 찾아가서 김 기사 사정을 어찌나 잘 설명했는지 몰라. 업무에 전혀 문제없도록 자기가 두세 발 더 뛰고 책임지겠다고 말했다니까."

나만 모르고 있었던 일이었다. 괜히 쑥스럽게 웃음 짓는 공사 과장 옆자리로 가서 막걸리 한 잔을 따랐다.

"과장님 정말 감사합니다. 다음 현장에 가실 때도 저 데리고 가세요. 꼭 은혜 갚겠습니다."

20여 년이 지난 지금도 여전히 그분과 한 번씩 얼굴을 보며 술잔을 기울인다. 이제는 내 자식은 다 성인이 되었고, 그분은 손주도 있을 만큼 시간이 흘렀지만 여전히 우리의 최고 술안주는 딱 한 가지다. 매번 만날 때마다 떠올리는 그때의 사연이 우리에겐 최고의 안주다. 아내도 이 일을 잊지 않고 있어 그분을 보러 간다고 하면 무조건 오케이라고 허락해준다.

나의 주택 구매기

해외에서는 대형 병원과 건물, 한국에서는 전국 각지를 돌며 수많은 아파트를 지었던 나는 현장 준공이 완료되면 늘 '나도 언젠가 새 집에 살아야지'라고 다짐했다. 하지만 대한민국 회사원이 반듯한 새 집을 갖는다는 게 결코 쉬운 일은 아니었다. 집값은 차치하고라도 전국 어디가 내 일터가 될지 모르는 직업 특성상 한 지역에 집을 가져봤자 빈집으로 남겨둘 게 뻔했다. 또한 가는 현장마다 늘 숙소를 마련해주니 큰 필요성도 느끼지 못했다.

그런 내가 달라진 건 결혼 이후였다. 내가 지방에 있어도 아내는 지내야 할 '우리 집'이 필요했다. 그리고 시간이 지나면 그 집에는 늘어날 가족이 지낼 수 있어야 했다. 결혼을 준비하던 시기 우선 신혼집은 전세로 알아보기로 했다. 가진 돈이 적은 것도 문제였지만, 당시 일하는 현장에서 가까운 곳에 다급하게 구해야 했기 때문이다.

그땐 수원 영통에 현장이 있어 그 지역을 훑어보았다. 다행스럽게도 함께 일하는 직원의 소개로 20평 아파트를 찾아낼 수 있었다. 생활 여건도 나쁘지 않아 단번에 계약금을 걸었다. 전세금은 4천 4백만 원. 부모님의 도움 반, 은행의 도움 반으로 마련할 수 있었다. 행복한 신혼을 즐기며 6개월이 지날 무렵이었다. 뜬금없이 부동산에서 전화가 왔다.

"임대인이 집을 매매로 내놓았어요. 혹시라도 집을 매수하는 분이 들어가 살겠다고 하면 집을 빼주셔야 하고 전세금을 올리겠다고 하면 또 추가 금액을 새 임대인에게 줘야 해요. 알고 계셔야 할 것 같아서요."

청천벽력 같은 소식이었다.

"저…… 매매가가 얼마인가요?"

"8천 5백만 원이에요."

가격을 올려도, 나가라고 해도 바뀌는 주인의 말에 따라야 하는 상황. 아내가 이미 집을 보러 부동산에서 오갔다는 말을 전하는데, 이러다가 꼼짝없이 내앉을 것 같다는 생각이 들어 가만히 있을 수 없었다.

절박한 심정으로 임대인에게 전화를 걸었다.

"임차인입니다. 저희 살고 있는 집을 매매로 내놓았다고 들었습니다. 매매 거둬주시고 전세로 계속 살게 해주세요."

자존심이고 뭐고 없었다. 무작정 매달려보기로 작정했다.

"제가 지금 1가구 2주택이라 어쩔 수 없습니다. 세금 문제 때문에 꼭 이번에 매매를 해야 합니다."

꽤나 단호한 어조였다. 아쉬운 사람은 오로지 나뿐이었다. 어쩔 수 없었다. 다음 날 또 다시 전화를 걸었다. 그저 매달리는 게 하루 일과나 다름없다고 생각할 즈음, 여전히 단호한 임대인에게 무작정 찾아가기 전략을 쓰기로 했다. 그리고 며칠 후 현장복 그대로 입고 임대인의 회사 앞으로 찾아가 카페에서 보자고 했다.

전화상 늘 단호한 분이라 안 나올 줄 알았는데, 어찌 사정이 딱한 게 궁금했던 건지 곧바로 카페로 나와주었다. 명함을 주고받곤 서로 아무 말이 없었다. 명함을 보니 임대인은 대기업 품질 부장이었다.

아무 말 없는 그에게 나는 내 딱한 사정을 다시 말했다. 딱히 전화와 다른 말은 아니었고 그도 다른 답을 하지는 않았다. 그렇게 차를 한 잔 다 마시고 헤어졌다. 이로써 내가 할 수 있는 일은 다한 셈이었는데 아무런 말도 들을 수 없던 게 아무래도 영 찝찝했다. 불쑥 찾아가서 많이 기분이 나빴을지도 모른다는 생각이 들 때쯤, 임대인에게 먼저 전화가 왔다.

"들어보니 사정이 있는 건 알겠습니다. 제가 선생님 사정을 최대한 고려하고 생각해봤습니다. 저는 집을 꼭 처분해야 하고, 선생님은 꼭 그 집에 살아야겠다는 입장이니…… 그럼 선생님이 그 집을 사는 건 어떤가요?"

나더러 집을 사라는 제안이었다. 가만 생각해보니 각자 입장에서 손해가 없는 방법은 그것뿐이었다. 곧바로 은행 대출을 알아봤다. 통장에 있는 잔고와 묶여 있는 전세금을 더해봤더니 7천만 원. 딱 그만큼이 당시에 내가 가용할 수 있는 돈 전부였다. 하지만 시세는 8천 5백만 원이었다. 배려에 응답할 수 없는 금액 차이였다.

'에라, 모르겠다.'

임대인에게 다시 전화를 걸었다.

"제가 정말 어렵게, 어렵게 있는 돈 없는 돈 탁탁 털어봤습니다. 그런데 딱 7천만 원이네요. 어떻게…… 안 되겠습니까?"

내가 한 말을 제대로 들은 건지 만 건지, "제가 지금 바빠서요"라는 말과 함께 전화는 뚝 끊겼다. 아쉬운 마음에 다시 전화로 사정해보려 했지만, 다시 전화한들 좋은 말이 되돌아올리 없었다. 스스로 생각해도 7천만 원과 8천 5백만 원은 너무 큰 차이가 있었다.

퇴근 시간이 무서웠다. 집에 가면 이제 아내에게도 꼼짝없이 사실을 말해야만 했다. 방법이 없다는 사실을 알게 되면 어떤 표정을 지을지 걱정부터 앞섰다. 그렇게 마음 불편한 시간을 보내던 찰나, 퇴근 시간쯤 전화가 왔다. 임대인이었다.

"근무복 입고 찾아온 모습을 보고 저 신입 사원 때 모습을 보았네요. 그렇게 하죠."

"네, 어떤 말씀이신지……?"

"7천만 원에 매매하겠습니다."

그렇게 나는 시세보다 훨씬 저렴한 금액 7천만 원으로 내 집을 마련할 수 있었다. 아직도 선명하게 명함 속 이름이 생각난다. 마 부장. 그의 결정을 감사해하며 마음속으로 생각한 게 있었다. 반대의 비슷한 상황이 생기면 꼭 그처럼 하겠다고 말이다. 뿌린 사랑이 되돌아오듯, 내가 받은 감사는 돌려주겠다고 다짐했다.

어렵사리 첫 집 마련을 한 이후, 여러 번의 지방 생활과 많은 이사를 거쳤다. 다들 집을 사고 이사를 가는 게 큰일이고 다양한 의미가 있겠지만, 집을 짓는 나로서는 내 집 구매 분투기가 더 특별하게 여겨질 수밖에 없다.

어느 날 타워크레인 박 반장에게 오랜만에 전화가 왔다. 어떻게 지내냐는 안부와 아이들 이야기를 하고 있는데, 박 반장이 불현듯 동탄 아파트 분양에 대해서 말을 꺼냈다.

"이제 아이가 커서 집이 좁게 느껴져요. 큰 평수로 이번에 청약 한번 넣어보려고 합니다."

"아 그래요? 꼭 되셨으면 해요. 아니, 저도 한번 넣어볼까요? 둘 다 당첨돼서 같이 한 동네에 살면 좋겠네요."

이제 슬슬 평수를 늘려야 할 때라는 아내와의 대화가 생각나 솔깃한 이야기였다. 그러곤 며칠 뒤 나도 박 반장과 같은 곳에 청약을 넣었다. 기대가 적었던 탓이었을까. 바삐 지내며 당첨일도 잊은 때였다.

한밤중 갑자기 다섯 살 먹은 아들이 성큼성큼 내게 다가오더니 엄청난 양의 똥을 내 몸에 싸는 게 아닌가. '이제 화장실을 가리는 애인데, 이게 뭔 일이지?', '근데 이 작은 애가 이렇게 많이 싸는 게 맞는 거야?' 머릿속이 복잡해지는 순간, 눈이 떠졌다. 그렇다. 꿈이었다. 깨어나서도 내 몸에서 냄새가 나는 것만 같은 아주 생생한 꿈이었다.

평소 전혀 꾸지 않던 꿈이라 희한하다 생각하고 출근길에 나섰다. 출근하고 7시 체조를 하고 있는데 주머니에서 핸드폰 메시지 도착 알림이 울렸다. 급한 일이 아니겠거니 하는 생각에 체조를 마치고 핸드폰을 봤는데, 이럴 수가!

"축하합니다. 109동 602호에 당첨되셨습니다."

바로 며칠 전 넣은 청약에 당첨되었다는 문자였다. 곧바로 박 반장에게 전화를 걸었다.

"청약 됐어요? 난 됐네요!"

오히려 나에게 정보를 알린 그는 떨어졌단다. 엄청난 경쟁률이었는데, 둘 중 나만 된 것이었다. 그제야 새벽에 꾼 꿈이 생각났다. 미신을 믿지 않는데도 괜히 꿈속 아들의 똥 덕분이라는 생각이 여태까지 든다. 매번 타인의 새 집을 짓던 나에게 넓은 신축 아파트 청약 당첨의 행운이 생기면서 짓는 집을 더 소중하게 생각하게 되었다.

4년 차

이른 아침부터 공무 팀장이 나를 찾았다.

"김 대리 오늘 나 좀 도와줘야겠어."

"뭘 도와드리면 될까요?"

"나 대학 시절 지도 교수님께서 건축토목과 대학생들 현장 견학을 시켜달라고 연락이 왔더라고. 아무래도 학생들이 진로를 정하기 전에 현장이 어떤 곳인지 파악했으면 하는 것 같아. 학생들 오면 안내 좀 도와줘."

불과 4년 전만 하더라도 그들과 같은 대학생이었던 내가 어느새 사회인 선배가 되어 대학생을 만난다고 하니 가슴이 떨렸다. 학생들이 어떤 질문을 하고 나는 어떤 말을 해줄 수 있을지 고민이 끝나기도 전에 경비실에서 버스 한 대를 보내겠다는 무전이 날아왔다.

우선 학생들을 회의실에 모았다. 공무 팀장은 제일 먼저 현장을 설명하고 옆에 있는 나를 소개해줬다. 40여 명의 학생들을 보자니 낯선 느낌이었다. 졸업 후 대학생을 본 적이 전혀 없었으니 그럴 만했다. 전보다 여학생 비중이 더 높아 보였다. 나 때는 2 대 8 정도 비율로 여학생이 무척 적었는데, 현장에 온 학생들은 6 대 4 정도의 비율로 거의 두 배는 많아진 것 같았다. 건축이 더 이상 남성의 일이 아니게 된 걸 보니 새삼 세상의 변화가 와닿았다.

현장 소개를 다 마친 팀장은 나에게 직접 현장을 함께 둘러보라고 지시했다.

"자, 나갈 때 앞에 비치된 안전모를 꼭 착용하세요."

안전모의 턱 끈을 단단히 조인 얼굴을 서로 바라보며 해맑게 웃었다. 대학생들의 풋풋함이 물씬 풍겼다. 나는 확성기를 옆에 메고 현장을 다니며 설명했다. 먹매김, 철근 배근, 거푸집 설치와 해체 등등 이들에게 현장이 신기한 해외여행처럼 느껴지는 게 당연했다. 그렇게 현장 중간으로 나아가 타워크레인 앞에 다다랐을 때였다. 한 학생이 질문했다.

"질문 있습니다. 저 타워크레인 위엔 어떻게 올라가나요? 타워크레인 위에서 배라도 아프면 어떻게 하죠?"

대학생다운 질문이었다. 다들 깔깔거리고 웃었다. 그리고 곧바로 들어온 질문.

"몇 년 차입니까?"

갑작스러운 큰소리에 한껏 들뜬 분위기가 정리되었다.

"해보시니까 어떠신가요? 할 만하십니까? 저희한테 직업으로 추천해주실 만한가요?"

갑자기 정리된 분위기처럼 내 머릿속이 정지된 느낌을 받았다. 사실 스스로 생각해본 적이 없었다. 그저 취업이 되었고 달리는 말처럼 시키는 일만 해왔다.

"저는 대학 졸업하고 시공 업무로 배정돼 일한 지 4년 됐습니다."

해줄 말이 선명하지 않았지만 말을 하면서 마음을 들여다보게 되었다.

"사실 오전 6시 30분까지 출근하려니 쉽지 않습니다. 그런데 현장 일이 워낙 이른 시각부터 이루어지다 보니, 출근하면 깜짝 놀라게 돼요. 많은 근로자가 제 출근 시각보다 훨씬 더 빨리 와 계시거든요. 그렇게 성실하게 일하는 분들을 보면 뭐랄까 자연스럽게 정신이 바짝 들게 됩니다. 그리고 일찍 출근하니 하루가 엄청 쏜살같이 지나가요. 밤에 누워서 생각해보면 그저 열심히 움직인 것밖에 없는데 하루가 허무하게 끝나는 느낌이랄까요. 솔직히 힘든 일이 더 많습니다. 물론 주말도 잘 쉬지 못하고요."

다들 눈을 반짝이며 내 솔직한 말에 집중하고 있었다.

"그런데 현장이라는 곳은 너무나 많은 상황과 다양한 문제가 쉴 새 없이 생깁니다. 생성 후 소멸, 생성 후 소멸이 끊임없이 반복되지요. 근데 그게 희한하게도 무척이나 매력적이에요. 예전에 다른 현장에서는 정답이었던 게, 오늘의 현장에서는 오답일 수 있거든요. 엄청 다양한 시행착오 과정을 겪으면서 경험을 쌓고 많은 걸 배우게 됩니다. 저는 현장에서 하루하루 버티는 육체와 정신적 고단함을 쓰는 대신 새로운 경험이라는 보상을 받고 있습니다."

사실 나도 답을 하면서 깨달았다. 현장 일은 한 해 한 해 넘어간다고 쉬워지지 않는다. 늘 고단하고 어렵다. 매번 만들어지는 문제는 또 어떠한가. 하지만 이곳에서는 다른 데서는 절대 겪을 수 없는 경험이 있다. 심지어 매번 다른 현장, 다른 근로자와 힘을 모아 해결해야 하는 문제가 주어진다. 신기한 건 매번 고개를 갸우뚱할 만큼 어려운 문제지만, 어떻게든 해결이 되는 것이다. 나는 현장에서 수많은 경험이라는 보상을 받고 있었다. 진통이 있을지언정 그 누군가가 쉽게 받을 수 없는 값진 경험을 말이다. 이때의 깨달음 이후 현장 일이 아주 귀한 일이라고 여기게 되었다.

현장은 관계로 돌아간다

현장이 생동감 있게 돌아간다는 표현은 늘 수많은 사람의 일사불란한 움직임 때문에 쓰이는 게 아닐까 싶다. 현장마다 수백 명의 근로자가 늘 각자의 일을 시작하고 끝을 낸다. 하나의 건물이 탄생하기까지 많은 사람의 땀방울이 들어간다는 건 누구도 부정할 수 없는 사실이다. 나는 현장의 생동감 있는 모습을 늘 좋아했다. 특히나 톱니바퀴처럼 맞물려 일해야 하는 현장에서 자신이 맡은 일을 프로답게 마치고, 인정마저 넘치는 사람을 참 많이도 만났다.

한 현장에서 있었던 일이다. 현장의 첫 번째 타워를 설치하는 날 전에는 설렘과 긴장으로 잠을 설치곤 했다. 가장 중요한 일이기도 했지만 본격적으로 일이 시작된다는 신호탄과 같기 때문이다. 시공 날 절차대로 설치 시공 팀, 안전 지도자, 주변 감시자, 통제선 등을 확인하고 드디어 설치를 시작했다. 당시 현장에는 썩 어울리지 않는, 마음씨 좋아 보이는 인상을 가진 박 반장이 전문 시공 팀을 꾸려서 현장 일을 맡기로 했는데, 여러 현장에서 함께 일한 덕분에 서로에게 신뢰가 있는 사이였다.

한창 일이 진행되는데 박 반장이 타워 설치 방향이 조금 이상하다고 말을 꺼냈다. 가만히 보니 뭔가 잘못된 게 확실했다. 곧바로 확인 작업에 들어갔다. 세상에나 타워가 반대로 설치되어 있는 게 아닌가. 타워를 배치할 때 해체를 생각해 방향 위치를 고려하는 것은 기본 중의 기본인데, 최초 도면 전달 과정에서 오류가 있었던 것이다.

완벽하게 내 실수였다. 당장 수습이 필요했다. 다시 해체해서 설치해야 하니 며칠이 늦어지는 건 당연했고, 그러면 또 추가 인건비가 생기기 마련이었다. 어떻게 해야 할지 몰라 머리만 싸매고 있는 나를 안타깝게 보던 박 반장이 아주 쿨하게 한마디 했다.

"김 대리 할 수 없지 뭐, 내가 손해 보는 수밖에."

그러더니 곧바로 재작업을 준비하는 게 아닌가. 순식간에 머릿속이 깨끗해졌다. 기한과 비용이라는 걱정이 사라지고 나니 박 반장에게 미안함과 감사함을 어떻게 표현해야 할지조차 생각나지 않았다. 내 마음을 알았는지 박 반장이 말을 더

보탰다.

“나는 오늘 일정과 돈을 손해봤지만, 김 대리라는 사람과 친해진 셈이야. 그 정도면 참 좋은 하루가 된 거지. 앞으로 형님, 동생하며 지내자고.”

현장에서는 어려운 일도 생기지만 그럴 때마다 도와주는 인연이 어디선가 나타났다. 이 기분 좋은 일들이 내 안에 쌓이며, 나는 20여 년 가까이 현장에 남을 수 있었다. 물론 언제나 인정이 넘치는 것만은 아니다. 관계 때문에 하루도 조용할 날이 없었던 현장도 있었다.

어느 날은 아침부터 두 협력사 소장이 주먹질하기 일보 직전까지라는 소식을 듣고 그들이 있는 곳으로 향했다. 일단 둘을 갈라놓고 말리는 게 내 역할이었다. 어느 정도 진정이 되자 이제는 서로 억울하다고 주장했다.

이유를 들어보니 이렇다. 공종 작업은 창호 설치와 인테리어 먹매김이었다. 창호 설치를 하기 위해서는 시공 전 인테리어 팀에서 위치에 맞게 바닥에 먹줄로 표기를 한다. 우린 이걸 먹매김이라고 한다. 그런데 인테리어 담당자는 먹매김은 문제 없는데 창호가 비뚤어져 있다고 하고, 창호 작업자는 먹매김이 잘못되었기 때문이라며 서로 팽팽하게 대립 중이었던 것이다.

마치 솔로몬이 되어 앞뒤 상황을 다 보고 한쪽의 손을 들어 줘야만 사달이 끝날 것만 같았다. 그런데 갑자기 다른 생각이 스치고 지나갔다. 가만 보니 이건 두 작업자의 일이기도 하지만 그 전에 내 일이었다. 잘못된 일은 우리 회사, 우리 직원의 책임이라는 생각에 다다랐다.

'두 분이 싸우고는 있지만 실질적으로는 내 역할이 부족해서 발생된 게 아닐까?'

두 사람에게 조심스레 말했다.

"제 부족으로 인해 두 분께서 불편하셨겠네요. 제가 앞으로 열심히 하겠습니다."

그렇게 서로 쑥스러운 악수와 함께 그날 하루의 대립은 마무리되었다. 현장의 사건 사고는 사실 사람 간 문제가 많다. 하지만 그렇기 때문에 조율이 가능하다. 현장엔 의외로 인간의 정과 멋이 조화를 이룬다.

들개

북한산 아래 뉴타운이 지정되었을 때였다. 우리 회사가 단지를 한 곳 맡으면서 나도 그곳으로 현장 이동을 하게 되었다. 뉴타운은 말 그대로 지방 자치 단체나 국가가 지정한 지역의 전체 재개발로, 공사 현장이 제법 크다. 또한 한두 곳이 아닌 여러 시공사가 일대 건물을 전부 부수고 짓다 보니 주변 환경은 일반 현장과는 현저하게 다르다. 마치 폭격을 맞은 것처럼 어둡고 스산함마저 감돈다.

한쪽에선 공사가 한창이고 반대쪽에서는 이주가 진행되고 있었다. 말이 서울이지 외곽에 있어 이주가 끝난 주변은 슬럼화가 되어가고 있었다. 빈집들이 어수선한 채로 있었지만 그 집 안에는 다양한 생명체가 움직였다. 쥐나 수달처럼 야생 동물은 물론이고 떠난 사람들이 버리고 간 고양이와 강아지가 제법 있었다. 빈집에서 들리는 동물들 울음소리와 움직이는 소리가 들리면 한낮에도 깜짝 놀라곤 했다.

괜한 겁은 아니었다. 재개발 지역, 사람이 없는 동네에 있는 한 동물 무리가 사람에게는 직접적으로 공포심을 주기 때문이었다. 이런 곳에서 가장 오싹한 동물을 하나 꼽으라면 단연 사람들이 버리고 간 개들이라고 말할 수 있다. 집에 있는 귀여운 반려견을 떠올리면 절대 안 된다. 무리를 지어 다니면서 음식을 찾아다니다 보니 이미 야생화가 된 들개였다. 사람들을 보면 도망가기는커녕 하얀 이빨을 드러내며 위협할 정도로 두려운 존재였다.

유난히 펌프카 고장이 잦아 타설이 늦게 끝난 날이었다. 사무실까지는 700미터 정도의 거리지만 오르막길이 있어 20분은 족히 걸렸다. 한참을 걷고 있는데 머리카락이 갑자기 곤두서는 느낌이 들었다. 눈앞에 반짝이는 눈 몇 쌍이 이리저리 움직였기 때문이었다. 들개였다. 아니, 들개 무리였다.

여러 눈이 나를 훑으며 노려보지만 순간 겁이 나 땅바닥에 붙은 발이 움직이지 않았다. 등을 돌리고 도망을 쳐야 하는지, 그대로 그 자리에 있어야 하는지 좀처럼 판단이 서지 않았다. 갑작스러운 상황에서 오만가지 생각이 들었다. '어떡해……. 어떡하지…….' 가족이 생각났다. 부모님도…….

갑자기 한 마리가 으르렁 소리를 냈고 옆의 개들이 하얀 이

빨을 드러냈다. 일촉즉발의 상황! 갑자기 내 허리춤에서 지지직거리는 소리가 울렸다.

"김 대리 어디야? 밥 먹으러 가야지!"

무전 소리에 들개 무리가 다급하게 줄행랑을 쳤다. 그때 알았다. 들개는 무전기 소리를 무서워한다는 것을. 현장에서의 무전기는 무기도 될 수 있다는 삶의 지혜를 얻었다.

오함마를 든 타이슨

현장에는 여러 가지 루틴이 있다. 그중 첫 번째로 시작하는 건 T.B.M(Tool Box Meeting)이다. 작업 전 체조로 몸을 유연하게 하고 전체 인원이 한자리에 모여 주요 내용을 공유하는 시간이다. 이땐 팀별, 반별로 상세한 주요 내용이 공유되며 안전 사항에 대한 안부까지 이어진다. 어찌 보면 하루 중 가장 중요한 시간이다.

하지만 아침 7시에 이루어지다 보니 문제도 있다. 적극적으로 참여하는 근로자가 있는 반면 지각하는 사람, 이미 자기 몫의 작업을 시작하는 사람, T.B.M 참석을 아예 안 하는 사람이 생긴다. 안전 활동의 시작인데 습관적으로 참석을 안 하는 사람들을 보면 화를 내기도 하고 타이르기도 하며 이래저래 미팅에 참석하게 만드는 것 또한 내 일이었다.

한 현장에서는 어떻게든 참석을 안 하는 사람들 때문에 피로도가 상승하기도 했다. 그날도 마찬가지였다. 한 팀, 세 명의 근로자가 눈치 보고 빠져나가는 게 눈에 띈 것이다.

"반장님, 근로자들 T.B.M은 정말 중요한 하루의 시작입니다. 꼭 참석해서 소통해주세요."

한두 번이 아니었고 매번 눈감아줄 수 없는 노릇이라 진지하게 전했다. 당연히 다음 날 하루라도 눈치보고 참석할 줄 알았는데, 참석은커녕 이전과 똑같이 컨테이너로 몰래 쓰윽 들어가는 것만 눈에 띌 뿐이었다.

'참아야 하나, 말아야 하나…….'

마음이 복잡했다. 하지만 많은 근로자가 섞여 있는 현장에서는 한 사람을 간과했다간 큰일이 발생하기 쉽다. 너도 나도 그래도 되는 줄 알고 바이러스처럼 참석자가 점점 줄어들 게 불 보듯 뻔했다.

하는 수 없이 그들을 찾아갔다. '말로 안 되면 행동으로 보여야지'라는 생각이 들었지만 금세 생각이 의문으로 바뀌었다. '그나저나 어떻게……?' 순간 직영 창고에 있던 쇠로 된 대형 망치 일명 '오함마'가 떠올랐다.

"직영 반장님, 저 오함마 좀 가져다주세요."

오함마를 들고 소굴 컨테이너로 쳐들어갔다. 보통 컨테이너는 가로세로 사이즈 3×6미터, 3×9미터로 양쪽에 문이 있고

재질은 철재였다. 그들은 인기척을 느낀 건지 안에서 문을 잠그고 쥐 죽은 듯 조용히 있었다.

"안에 있는 거 다 알고 있으니 나와서 참석하세요. 어제 말씀 드렸잖아요."

아무런 대꾸가 없으니 다짐한 행동을 실행하는 수밖에 없었다. 하나, 둘, 셋을 속으로 외치며 셋과 동시에 오함마로 문의 손잡이 부분을 구부러트렸다. 앞뒤 전부 똑같이 문을 부쉈으니 손잡이가 뒤틀려 안에서는 나올 방법이 없어 보였다. 주변을 보니 근로자들이 광분한 내 모습을 재미있다는 듯이 구경하고 있었다.

그대로 두었다가 한 시간 후 컨테이너 문 두 개를 용접으로 해체했다. 마음속으로는 '정말 미안합니다만, T.B.M 미참석은 규칙 위반입니다'라고 전하려 했다. 하지만 그들의 얼굴을 보자 쉽게 입이 떨어지지 않았다.

다음 날 아침, 계속 불참하는 사람들 가만 두고 볼 수 없어 현장 출입문을 7시면 폐쇄하고 통제도 강화했다. 문득 어제 컨테이너에 갇혔던 세 명의 근로자가 궁금했다. 오늘도 혹시 T.B.M에 참석을 안 했을까 하는 생각도 잠시, 그 셋이 제일 앞에 서서 체조를 열심히 하고 있는 게 보였다. 전날의 일로 미팅

참석률이 눈에 띄게 높아진 것 같아 뿌듯하고 뭔가 해낸 듯한 보람을 만끽하는데 지나가는 근로자들이 한마디씩 했다.

"야. 저기 타이슨한테 걸리면 한 시간 동안 갇혀 있어야 된다. 조심해."

한낮의 단잠 같은 추석 연휴

비가 내리면 현장은 그야말로 멈춤의 연속이다. 비가 조금 내리나, 많이 내리나 토사는 금세 흐물흐물해진다. 이런 흙은 덤프에 실기도 어렵고 외부 사토장으로 이동시키기도 어렵다. 그럼 작업은 정지다. 그렇다고 비가 그치면 곧바로 업무가 원활해지는 건 아니다. 물기가 어느 정도 빠져 마를 때까지 또 기다려야 한다.

그뿐만이 아니다. 근로자들의 감전 사고도 염두에 두어야 한다. 비가 올 때는 토목과 더불어 외부 골조 공사, 외장 마감 등을 전부 중단해야 한다. 그래서 또 멈춤이다.

사계절이 있는 우리나라는 현장 업무 시작 전 눈과 비를 어느 정도 예측하고 준공 목표일을 정한다. 그렇게 계산된 입주일에 맞춰 입주자들은 이사를 준비하기 마련이다. 준공 날짜를 못 지키면 시공사뿐 아니라 입주자들의 비극도 시작된다.

어느 현장에 있을 때는 6월 중순부터 하루걸러 하루, 아니

하루걸러 사흘씩 비가 내렸다. 말 그대로 기존 데이터를 통한 준공 예측일 뿐, 날씨의 변동성은 우리도 짐작할 수가 없었다. 그해 6월 예년과 다르게 내린 비는 다른 현장에도 문제를 불러왔다. 언론사들은 어디는 잠겼고, 어디는 토사가 유출되었다는 등의 기사를 쏟아냈다. 우리 현장도 문제는 많았다. 특히 주차장에 흘러들어온 물은 하루라도 빨리 빼내야만 그다음 공종이 진행될 수 있었다.

주차장에 유입된 물을 낮밤 가리지 않고 빼내고 함께 유입된 흙의 흔적을 지웠다. 그래야만 다음 날 다른 공사를 진행할 수 있으니 밤이고 밥이고 잊고 달렸다. 달력을 보니 벌써 열흘이나 진행이 뒤처져 하루라도 빨리 만회해야 한다는 생각뿐이었다.

그런 와중에 레미콘 운송 업체의 파업 소식이 들려왔다. 건설 현장에서 레미콘 타설을 못 하는 것은 아무것도 못 하는 것과 다름없었다. 다리에 힘이 풀렸지만 그렇다고 걱정만 하고 있을 수도, 원망할 사람도 없었다. 뒤이어 또 소식이 들렸다. 형틀 노조, 화물 연대, 펌프카 파업이었다.

시간이 지나 여름이 왔다. 그해 여름은 또 유난히 더웠다. 낮에는 너무 더워 잘못했다간 근로자 건강과 안전상 큰 문제가 일어날 것 같았다. 그런 문제가 발생하기 전에 근로 시간을 조절해야 했다. 미리 대비하면 효율성이 20퍼센트 줄어들지만, 문제가 생기면 일의 효율성은 반으로 줄기 때문이었다. 그렇게 또 더위로 인한 멈춤이 있었다. 우리나라의 타워크레인 기사들은 전체적으로 8월 첫째 주에 하계휴가를 떠난다. 그러면 현장은 또 잠시 멈춤이다.

이내 곧 추석 연휴가 찾아왔다. 연휴 전 날, 서로 인사를 하느라 분주하다. 근로자들 손에 들린 치약, 참치, 김 등 다양한 선물세트에서 명절 냄새가 가득했다.

현장의 많은 변수와 돌발 상황 등 휴일도 없이 이제껏 밀려온 일들을 만회하고자 다 같이 한 마음 한 뜻으로 달려왔는데, 추석을 맞이하는 모습은 타 산업과는 많이 다른 것 같다고 느꼈다. 현장 문을 닫고 우리 모두가 마음 편히 고향으로 돌아갈 수 있는 1년 중 몇 안 되는 날이기 때문이었다.

또한 외국인들도 전국에 흩어진 친척, 친구들을 만나는 유일한 날이었다. 나도 텅 빈 현장을 뒤로 하고 귀경길에 나섰다. 단잠 같은 추석 연휴가 지나면 또 다시 어떤 일이 벌어질지 모르지만, 어차피 모든 예측은 불가능하다는 생각으로. 우리에게도 이런 휴식이 반드시 필요하다는 생각으로.

정병산

어느 때부턴가 현장에 젊은 직원들이 부쩍 줄었다. 평균 나이도 올라가고 조직 분위기까지 올드해진 느낌을 지울 수 없었다. 물론 업무 경험을 근간으로 하는 산업이라 선배가 많다는 게 다행스럽지만, 나중에 선배가 될 직원들이 많이 없다는 건 분명 뭔가 잘못된 상황이었다. 또한 예전에는 적극적으로 업무를 가르치며 후배들을 성장시키기 위한 선배들의 노력이 있었지만, 워라밸 문제라거나 사회적, 문화적 변화가 회오리처럼 몰아닥친 이후로는 가르치는 사람과 배우려는 사람의 진정성이 없어진 지 오래다.

현장에서는 부족한 인원을 채우고자 공종별로 일부 직원을 채용하고 타 현장 일이 끝난 직원을 보충하기도 했는데, 이럴 때 또 문제가 생긴다. 근무복을 입고 있는 걸 보면 우리 회사 직원은 틀림없는데 처음부터 함께하지 않았으니 현장에 대한 이해도가 많이 부족할 수밖에 없었다. 이래저래 고민이 많은 시기였다.

'어떻게 해야 되나, 전문 지식만 알려준다고 해결될 것도 아니고…….'

당시 현장이 있는 창원은 조선소 등 중공업이 발달되어 있어 교대 근무가 많았고, 자연스럽게 소규모 목욕탕이 동네 곳곳에 자리 잡고 있었다. 지내던 숙소와 현장 사이에도 조그마한 목욕탕이 있었는데, 나도 새벽 출근 전에 가끔씩 들르고는 했다.

어느 날 조용히 욕탕을 즐기는 중 두 사람의 대화 소리를 들었다. 신입 직원 교육 커리큘럼 중 '팀 빌딩'을 어디에서 하는 게 좋을지 의논하는 내용이었다. 그러자 사우나 주인이 옆에서 거들며 말했다.

"창원 하면 정병산이죠."

그리 높지 않은 산이지만, 창원에서 군사 양성소같이 정신적, 육체적으로 변화시키기에는 딱이라는 정보였다. 지역민의 좋은 정보 덕분에 두 사람은 무릎을 쳤고 나도 모르게 정병산이라는 이름을 머릿속에 새겼다.

그날 점심 후 몇몇 젊은 직원이 삼삼오오 얘기를 나누고 있는 게 보였다. 문득 내가 선배로서 책임을 다하고 있는지 의문이 들었다. 어떻게든 도움이 되어야 겠다는 생각이 앞섰고 소통 방법으로 무엇이 좋을지 강구하게 되었다. 그러다 갑자기 그날 아침에 들은 정병산이 떠올랐다.

퇴근 후 곧바로 정병산으로 향했다. 늦은 시각이라 조금만 오르겠다는 생각이었는데, 해가 늦게 떨어지는 시기였고 의외로 산길 곳곳에 있는 가로등이 길을 잘 밝혀줘 산꼭대기까지 오를 수 있었다. 깜깜한 산 위에 올라 훤하게 밝힌 창원 시내를 내려다보니 정말 장관이라는 생각이 들었다. 오전에 후배들을 보며 했던 다짐을 되짚게 되었다.

'힘들겠지만 매주 한 번씩 젊은 직원들과 산행을 해야겠다. 정신과 육체를 갈고 닦는 간절했던 마음으로.'

지금 같아선 생각할 수도 있을 수도 없는 일이다. 자칫하면 노동부에 신고당할 수도 있겠고 직원들의 원성이 생기기라도 하면 그걸 잠재우기는 어려울 것이다. 하지만 당시 후배들과 함께 땀을 흘리고 자연스럽게 이야기를 나눈다는 게 더 중요하다고 느낀 때였던 만큼 그 다짐은 흔들리지 않았다.

다음 날 출근해서 후배들에게 생각을 전했다. 당연히 다들 입이 한 뼘씩은 나왔지만 아랑곳하지 않고 강행했다. 그러곤 매주 화요일 저녁 6시 집합하기로 약속을 받아냈다. 화요일 저녁이 되면 이마엔 랜턴을 달고, 배낭엔 김밥을 싸 들고 1년 정도 산행을 같이 했다. 나 또한 매주 즐거운 마음으로 임했던 건 아니다. 가기 싫은 날이 있었지만 뭐라도 해야 한다는, 지푸라기라도 잡는 심정으로 산행을 이어나갔다. 현장의 모든 일이 마무리되었을 때 산행도 끝이 났다.

가끔씩 정병산을 함께 올랐던 후배들을 만난다.

"형, 사실 그때 너무 힘들었어요. 근데 희한한 게 지금은 다른 추억보다 밤하늘을 배경으로 산 정상에서 김밥 먹은 기억이 가장 기억에 남네요. 형 덕분이에요."

나도 가끔은 후배들과 오르던 그 산길, 밤하늘이 떠오르곤 했다. 그러면서 매번 잊지 않고 그들에게 질문을 던진다.

"그래. 지금 너희들은 후배들을 위해서 뭘 하고 있는지 얘기 좀 해줄래? 진짜 궁금하다."

잠시 검문 있겠습니다

건설 현장에서 난처한 일이 생기면 단순하게 회사만의 문제로 끝나지 않는다. 보통 사회 문제로까지 번지는 사항이 많다. 노동부, 국토청, 시청, 구청, 안전공단, 소방서, 본사 유관부서 등등 유독 다양한 곳에서 현장 점검이 나오는 이유는 사고나 문제가 생기면 모든 언론사가 집중할 만큼의 중대한 일이 나오기 때문일 것이다.

"점검 나갈 예정입니다."

이런 전화를 받기라도 하면 그때부터 다시 내부 점검 준비가 시작된다.

어느 날 사무실로 연락이 왔다. 국토청에서 온 점검 안내였다. 개별 프로젝트마다 점검을 건너뛴 적이 없어 오겠거니 기다리고 있었지만, 하필이면 지하, 지상 골조 공사가 본격적으로 이루어지는 때라 걱정이 앞섰다. 지상과 지하 동시에 골조 작업이 진행 중이라 가장 어수선한 시기였을 뿐만 아니라, 세심하게 관리해야 하는 부분이 많을 때였던 터라 문제를 지적해도 곧바로 수정하기 어려운 게 현실이었다. 그래도 어쩔 수 있나, 곧바로 준비 태세에 돌입했다.

철근 배근과 콘크리트 타설 확인, 크랙과 도면 관리에 정리정돈 등등……. 우선 다급하게 해야 하는 일부터 협력사와 공유했다. 협력사 책임자의 표정이 굳는 건 당연했다. 이 시기에 들어오는 점검이 얼마나 힘든지 경험상 알고 있기 때문이었다. 디데이를 정하고 각자 해야 할 업무량과 필요 인력, 추가 자재 등을 파악했다. 하루, 이틀 시간이 갈수록 초조함이 커졌고 드디어 점검 당일이 되었다.

점검관은 도착하자마자 꼼꼼하게 하나하나 체크하고 나섰다. 설계가 제대로 되었는지부터 안전상 문제는 없는지, 도면대로 만들어지고 있는지를 살펴보았다. 그렇게 온 하루를 다 쓰고 나서야 강평까지 마치게 되었다. 모두가 합심해서 준비에 준비를 거듭했지만 점검관의 날카로운 눈은 부족한 부분을 꽤 많이 찾아내고야 말았다.

하루가 저물고 긴장감은 자취를 감췄다. 아쉬움이 있었지만 모든 게 끝났다는 안도감이 그 자리를 채웠다. 나도 모르게 점검 전의 모습과 이후의 모습이 오버랩되었다.

역시 점검이라는 건 어렵고 빡빡하다. 하지만 조금 부족했던 부분들이 다시 채워진 기분이 들었다. 점검 결과에 일희일비하는 모습보다는 준비하는 과정에서 얻은 우리의 만족이 더 중요한 게 아닐까?

공사 부장

아침부터 또 시작되었다. 옆 공구 박 대리가 말마따나 겁나게 깨지고 있었다. 늘 호통을 치는 주인공은 공사 부장이다. 그가 떴다 하면 여기저기에서 곡소리가 들렸다. 하루 이틀 문제는 아니었으니, 언젠가는 내 차례도 올 거라는 생각에 잔뜩 긴장해 있었다.

어느 오후, 무전기 너머 공사 부장의 날카로운 목소리가 울렸다.

"김 대리. 105동 15층으로 즉시 올 것."

드디어 내 차례가 온 것이다. 온몸의 털이 곤두서는 것 같았다. 아니나 다를까 도착하자마자 꾸지람이 시작되었다.

"방수의 기본이 뭔지 알아? 바로 두께야. 두께를 시방서(설계·제조·시공 등 도면으로 나타낼 수 없는 사항을 문서로 적어서 규정한 것)대로 하는 게 원칙이라고. 근데 이거 좀 봐. 이게 뭐야? 기준 두께의 반도 안 나왔는데 벌써 타일 붙일 준비를 한 거야? 이런 식으로 하려거든 집에 가서 아내 밥이나 차리라고!"

속으로는 '다 그렇게 하고 있고 아무런 문제가 없는데. 빡빡하시네……' 생각했지만 원칙을 안 지킨 건 맞았다. 곧바로 속마음을 지우고 대답했다.

"네, 알겠습니다."

후속으로 진행해야 하는 공종 작업을 중지시키고 방수 재시공에 이틀을 쏟았다. 협력사 김 반장도 재시공을 하며 내 속마음과 같은 말을 중얼거렸다.

"거참, 여태 이렇게 해도 문제없었는데 무진장 까다로운 양반이네."

그렇게 한고비를 넘기던 찰나. 화장실에서 큰일을 보려는데 무전기에서 공사 부장의 목소리가 크게 울렸다.

"김 대리 어디야?"

또 나다. 나오려던 똥도 쏙 하고 들어가버릴 정도의 아찔함이 들이닥쳤다. 공사 부장이 모이라는 곳에 가보니 나뿐만 아니라 관리 공무 팀장까지 있었다.

"아니, 당신들 뭐하는 사람들이야? 근로자들은 이 더위에 이렇게 죽도록 일하고 있는데, 관리자랍시고 시원한 에어컨 아래에 앉아 있는 게 말이 되는 일이야?"

다들 꾸중 듣는 학생처럼 고개를 푹 숙이는 일밖에 할 수 없었다.

"앞으로 30도 넘는 날에는 오후 2시마다 근로자들한테 찾아가 아이스크림 하나씩 돌리도록."

돌리는 사람, 위치까지 전부 정해주고 나서야 잔소리가 끝났다. 공사 부장이 자리를 뜨자마자 불만이 쏟아지는 건 당연했다.

"어휴, 우리도 바쁜데 무슨 아이스크림 돌리는 일까지 시키는 거야."

불만은 불만이지만, 시키는 일을 안 했다가는 또 불호령이 떨어질 게 훤했다. 그저 각자 위치에서 할 일을 하고, 나는 내가 담당한 아이스크림 배달 일을 마치는 방법밖에 없었다.

며칠 후, 공사 부장이 찾아왔다.

"잘하고 있어? 해보니 어때?"

사실 그 며칠 사이에 관리 공무 팀장은 느끼는 게 많았던 모양이다.

"작업장에 가서 보니까 정말 그야말로 찜통이더라고요. 그것도 몰랐네요. 다음부터는 따로 말씀 안 하셔도 저희가 알아서 근로자들 환경 살피도록 하겠습니다."

우리 모두 듣기 싫은 말은 맞지만 공사 부장이 화를 낼 만한 일에만 화를 내니 입이 열 개라도 할 말은 없었다. 엄격한 기준이 아닌 원칙, 나 '혼자'가 아닌 근로자와 '함께'가 현장에서는 결코 틀린 소리가 아니었다.

그렇게 현장 업무가 마무리되고 입주가 시작되었다. 어제까지만 해도 나의 현장이었지만, 한 세대 한 세대에 사람이 차면 그 집은 입주한 사람들의 것이 된다. 마치 잘 키운 자식들을 입양 보내는 기분마저 들었다.

그런 집을 입주자 허락으로 방문했을 때였다. 거실로 들어서자마자 곧장 눈에 띈 건 발코니의 물기를 머금은 화분이었다. 문득 떠올랐다. 방수 기준. 방수를 기준대로 마쳐놓았으니 맘껏 화분에 물을 뿌려도 문제는 없을 것이었다.

우리가 만드는 세대의 주인은 입주자라는 사실, 모든 작업은 원칙대로 그리고 근로자의 손으로 이루어진다는 것을 새삼 깨달았다.

20여 년이 흐른 뒤 이제는 무전기에서 내 목소리가 쩌렁쩌렁 울리고 있다.

"서 대리, 당장 105동 15층으로 올 것!"

부끄럽다, 김 기사

정말이지 현장에 햇병아리로 있을 땐 잔소리하는 선배들이 어찌나 미웠는지 모른다. 지금으로 보자면 어린 나이였지만 다시 대학 신입생이 되어 선배들 잔소리를 듣는 현장 방식이 여간 힘들었다. 현장은 방심하는 순간 큰 사고로 이어지는 곳이고, 사람들이 입주해 살 곳이었으니 이제는 그때의 선배들을 이해한다. 하지만 입사 초반 소장의 잔소리만큼은 참을 수가 없었다. 해병대 출신이라고 누누이 자기를 소개해 나는 그를 '해병대 소장'이라고 불렀다.

해병대 소장은 아침부터 저녁까지 나를 붙잡고는 틈만 나면 잔소리를 했다. 그 아래 공사 대리들도 많았는데, 툭하면 나에게 쏘아대는 잔소리가 좋게 들릴 리 없었다. '오늘만 참자', '오늘도 참자'라는 마음으로 준공까지 기다렸고, 드디어 해병대 출신 소장과 헤어질 수 있었다. 그렇게 2년이 지난 후, 내 결혼식이 되었을 때였다.

현장에서 쌓은 묵은 때를 벗겨내고 많은 하객 사이를 걸었다. 결혼 행진곡의 웅장한 음악과 사람들의 환호에 잠깐 마음이 흐뭇해지려는 찰나, 놀랄 수밖에 없었다. 그 많은 얼굴 사이에서 잊고 지냈던 얼굴을 찾았기 때문이었다. 바로 2년 전 현장에서 인연을 맺은 해병대 출신의 그 소장이었다. 너무나도 환한 미소로 양손을 움직이며 박수를 치는 모습을 보자 순식간에 창피함이 밀려왔다.

그랬다. 너무 미워서 청첩장조차 보내지 않았던 나였다. 식이 진행되는 내내 어떻게 왔을지, 청첩장을 보내지 않은 거에 대해 어떻게 생각할지 마음이 쓸렸다. 식이 끝나자 그분은 내게 오더니 덥석 내 손을 잡고 따듯한 어조로 말했다.

"김 기사, 너무 축하해. 행복하게 잘 살아."

너무 부끄러워서 고개를 들 수 없었다. 그때야 비로소 깨달았다. 선배로서, 상사로서 나를 가장 위하고 아껴준 사람, 단단한 계단을 만들어 성장하길 바란 사람이 바로 그분이었다는 것을.

진짜가 되는 방법

건설사들의 생산성이 떨어지는 시기인 겨울에는 주로 직무 교육이 시행된다. 입사한 지 1년 차가 되던 해 나도 직무 교육을 위해 현장을 벗어나 본사로 출근하게 되었다. 함께 입사했지만 전국에 흩어져 있었던 건축토목기사 동료들과 모처럼 한자리에 모여 인사를 나누었다. 각자 처한 현장이 다르기 때문일까. 현장의 어려움을 토로하고 현장에서의 문제 해결력을 으스대며 나름 1년 차 '현장맨'이 된 경험을 쏟아냈다.

2박 3일의 교육 일정 중 이틀째 되는 날은 현장 소장의 교육이 있었다. 소장은 본인의 인사를 대강 마친 뒤 대뜸 앞에 앉은 직원부터 슬라브 철근 배근의 순서를 말해보라고 했다. 그에 덧붙여 철근 종류에 대해서까지. 현장에 대해 이러쿵저러쿵 이야기하던 1년 차 우리들은 갑작스러운 질문에 입을 꾹 다물 수밖에 없었다.

"이게 말이 됩니까?"

현장 소장은 호통을 쳤다. 그러곤 한심하다는 듯한 얼굴로 말했다.

"이건 기본 중의 기본입니다. 이런 기본도 모르는 사람들이 현장에서 관리자 자리를 도맡는 건 문제죠."

갑자기 또 다른 질문을 했다.

"여러분은 현장을 어떻게 생각하나요? 아침에 현장에 출근해서 오후에 퇴근할 때까지 여러분의 머릿속에는 어떤 생각이 들어차 있나요?"

답을 요구하는 질문이 아니었고 마음 편히 답을 할 수도 없어 서로 눈치만 보고 있을 때, 다시 말을 이어나갔다.

"현장의 주인은 여러분입니다. 기본기가 강하게 자리 잡혀 있을 때 동료 협력사로부터 주인으로 인정받을 수 있습니다. 그때부터 진정한 주인이 되는 것입니다. 지금 여러분은 가짜입니다. 앞으로는 진짜가 되기 위해서 노력하십시오."

정신이 번쩍하고 들었다. 갑작스러운 말에 충격을 받은 건 나뿐만이 아니었다. 현장 관리를 맡고 있지만 고작 1년 차였다. 가짜인 셈이었다. 그저 사람들 사이에 앉아 진짜인 척 행세하고 있는 건축기사였다.

"자, 이제 어떻게 하면 진정한 엔지니어가 되는지 알려드리겠습니다."

호통을 크게 쳤지만, 우리에게 진짜 엔지니어의 기본을 알려준다며 이목을 집중시켰다. 나와 같은 가짜 건축토목기사들의 눈이 현장 소장에게 집중될 수밖에 없었다.

"기본기가 탄탄해지면 여러분은 여러 문제와 마주칠 것입니다. 각 현장만의 문제, 건설 현장 공통의 문제, 그 안에서 또 벌어지는 사회적, 문화적 문제가 겹겹이 쌓여 있습니다. 문제를 해결하기 위해서는 일단 사고 전환이 필요합니다. 앞으로는 문제를 문제가 아닌 디딤돌, 곧 돈으로 보십시오. 문제를 문제로만 인식하면 귀찮은 걸림돌로만 보일 뿐입니다.

예를 들어보겠습니다. 모든 구조물 공사를 진행할 때 토목 공사를 끝낸 뒤 본격적인 골조 공사를 하지요. 이때 주요 타깃 날짜를 기초 콘크리트 타설하는 날로 정합니다. 하지만 모든 건설사의 공통된 기초 타설 전 문제는 피트와의 싸움입니다."

피트란 기초보다 더 앞선 작업으로, 피트 공사가 완료되어야만 기초 작업을 시작할 수 있다. 예를 들어 유입된 물을 담는 집수정 피트, 엘리베이터 완충 작용을 하는 엘리베이터 피트가 있다. 이러한 피트 공사가 어려운 이유는 기초보다 더 빠르게 터파기를 해야 하고 별도로 바닥과 옹벽 기초를 진행해야 해서다. 들이는 시간과 원가의 투입량이 엄청날 뿐만 아니라 여름철 우기와 겹치면 토사 붕괴 등 안전 문제와도 크게 엮인다.

"기본에 충실하면서 문제를 바라보는 관점을 바꾼다면, 여기 계신 여러분들 중에서 이 문제를 해결하는 현장인이 분명 나올 겁니다."

현장 소장은 피트의 문제를 해결할 수 있을 정도로 시야를 넓혀야 한다고 강조하며, 평소의 현장 관리에 대한 조언도 아끼지 않았다.

"앞으로 여러분들이 만나게 되는 수많은 직원과 관계자, 그리고 협력사 근로자의 애로 사항을 간과하지 마십시오. 그리고 신중하게 현장 일에 접근하고 고민을 해결하십시오. 모든 문제의 답은 현장 안에 있습니다. 문제가 생기면 스스로 해답을 찾고 진짜 현장의 관리인이 되기를 간절히 바라겠습니다. 마지막으로 현장에 발을 디딘 여러분, 다양한 경험을 쌓을 수 있는 현장에 오신 걸 정말 축하합니다."

두 시간 동안 이어진 교육이 마치 찰나 같았다. 마음속에 벅찬 감정이 끓어올랐다. 그저 왔다 갔다 출퇴근하며 시키는 일만 하고 월급날을 손꼽아 기다렸던 나에게 현장에서 필요한 덕목을 깨닫게 해준 교육이었다. 그뿐만 아니라 현장인으로서 어떤 길을 가야 할지 방향성도 제시해주었다.

몇 년이 흘러 현장에 혁신적인 제품이 나왔다. 바로 교육 때 현장 소장이 해결하고 싶다고 강조하고 우리에게도 그 해결책을 생각해보라던 피트 공사에 대한 획기적인 제품이었다. 이 제품은 피트 공사의 혁신을 불러왔다. 땅을 팔 이유도 없고 콘크리트를 타설할 필요도 없이, 갖다 놓기만 하면 곧바로 피트 공사는 종료된다. 일정과 원가, 안전을 한 방에 잡을 수 있는 제품이었다. 내가 놀란 이유는 따로 있었다. 그 제품을 만들어낸 사람이 바로 우리에게 가짜가 아닌 진짜가 되라고 교육했던 현장 소장이었던 것이다.

그저 말로만 문제를 꺼내는 사람이 아닌, 해결하는 사람. 다시금 진짜 현장인으로 거듭난 그의 집념에 감탄할 수밖에 없었다.

평생 친구

여느 때와 같이 오전 8시가 되자 아침마다 현장에 요구르트를 배달하는 판매원이 사무실을 순회했다. 내 자리에 오더니 괜히 말을 건넸다.

"차장님 집은 어디세요?"

"전 인천이에요."

"어머나 그럼 주말 부부시네. 사모님이 너무 좋으시겠다. 전생에 좋은 일 많이 하셨나 봐요. 저는 배달 끝나면 남편 밥 차려주러 가야 돼요. 어휴 지금도 자고 있을 거예요. 정말 답답해요. 출근 전 자기 밥이라도 좀 챙겨 먹지."

그랬다. 현장에 있는 직원들은 현장 지역에 사는 경우가 거의 없었다. 그러니 주말 부부가 많을 수밖에. 난 정확히 격주 부부였다. 현장이 바뀌면서 집과의 거리가 꽤 멀어졌고 주말마다는 꿈도 못 꾸고 2주에 한 번꼴로 겨우 집에 가는 상황이었다. 보통 집 떠난 사람이 얼마나 고생일까 생각하지만, 그 걱정과는 다르게 고생하는 시간도 없다. 문제라면 시간이 너무 남아도는 게 탈이었다.

현장 바로 옆에 숙소를 마련해주다 보니, 새벽 일찍 출근하는 데도 무리가 없었고 평일에 큰 문제가 없는 이상 오후 5시면 곧바로 퇴근하는 탓에 그 이후의 시간이 남는 게 일상이었다. 게다가 격주마다 집에 돌아가니, 집에 가지 않는 주말에는 정말이지 무얼 해야 할지 도통 감도 잡히지 않았다.

물론 평소에 늘 운동도 하고, 티브이도 본다. 티브이를 한 번 틀면 시간이 훅하고 사라지니 아예 멀뚱멀뚱 하늘만 바라보는 건 아니었다. 하지만 운동과 티브이 보기를 종일 할 수는 없는 노릇이었다. 주변에 있는 사람들도 빤히 알 만한 직원뿐이었다. 주변 숙소에 있는 현장 직원과 시간을 보내는 것도 하루 이틀이지, 며칠 지나면 서로 할 말도 없고 괜히 술이나 밥만 먹다 헤어지기 일쑤였다. 그저 실속 없이 흘러가는 시간이 무척이나 아쉬웠다. 그렇다고 현장에 가서 잔업을 도맡는 건 더더욱 체질에 안 맞았다.

'아니, 나중에 퇴직하면 매일 이럴 텐데 그땐 뭘 해야 하는 거야?'

곰곰 생각하니 단순하게 지금의 문제가 아니었다. 어쩌면 한 번쯤은 해결하고 대책을 마련해야만 하는 인생의 문제로 다가왔다.

'에잇, 문제로만 생각하지 말고 우선 밖으로 나가보자. 나가면 뭐라도 있겠지.'

방에 앉아 고민하고 걱정해도 시간은 천천히 흘렀고, 답도 나오지 않는 문제를 끌어안고 있는 건 적성에 맞지도 않았다. 일단 나가서 숙소 반대 방향으로 걸어보기로 했다. 매번 출퇴근하는 익숙한 길을 뒤로 하고 무작정 걸었다. 그냥 걷기라도 하면 시간도 가고 적절한 운동도 된다고 생각하니 마음이 한결 가벼워졌다.

제일 먼저 재래시장이 보였다. 시장에 들어가 보니, 저녁거리를 사러 나온 사람들과 물건을 파는 상인들의 모습이 새로웠다. 동네 곳곳에 대형 마트가 있으니 사실 주차도 불편한 시장에 나올 일은 극히 드물었다. 서로 흥정하는 모습을 보자 괜히 시장 안 다른 풍경이 궁금해졌다.

단돈 3천 원 하는 국숫집 앞에 섰다. 요기도 할 겸 들어갔는데, 주문하기가 무섭게 곧바로 나왔다. 모락모락 김이 나는 국수로 배 속을 채우고 나와서 또 다른 길로 걸어갔다.

골목 어귀에서 작은 동네 서점이 보였다. 서점을 들어가본 게 언제였는지, 마지막으로 책을 읽어본 건 또 언제였는지 도통 기억이 나지 않았다. 뭐 사실 책과 친하게 지낸 적도 그다지 많지 않았다. 서점에 들어가 매대 위에 놓인 이런저런 책들은 들춰봤다. 소설, 에세이, 자기계발, 토익까지 다양한 책이 쌓여 있었다. 책을 살 손님은 아니라는 걸 알았는지, 아니면 동네 서점 분위기가 원래 그러한지 모르겠지만 서점 주인은 나에게 눈길조차 주지 않았다. 오히려 편한 마음이었지만 글자들이 눈에 들어올 리는 없었다.

다시 문밖으로 발을 돌렸다. 그저 앞을 보고 계속 걸었다. 마음을 비우고 걷기로 한 날이었으니까. 이내 갈림길이 나왔고 나는 고민 없이 오른쪽을 택했다. 특별한 이유는 없었다. 교회의 빨간 십자가가 있는 방향으로 자연스럽게 몸이 움직였다.

금요일 밤, 곧 예배가 시작할 시각이었다. 조용히 처음 보는 교회에 들어가 뒤편으로 자리를 잡았을 때였다. 아는 얼굴이 교회에 있는 게 아닌가.

"감리단장님, 이 지역 사셨어요? 교회에서 뵙네요."

"아니, 서울에 사는데 예배 있을 때는 주로 교회에 있어."

인사를 건네고 다시 밖으로 나섰다. 이번에는 삼거리가 나왔다. 고민 없이 오른쪽을 택했다. 방금 전 오른쪽을 택하고 반가운 얼굴을 만났으니, 또 그럴 거라는 바람이었다. 그렇게 온 동네를 돌아다니다 보니 어느새 해가 저물고 있었다.

숙소로 돌아와 잠자리에 누우니 갑자기 궁금해졌다.

'갈림길에서 왼쪽으로 갔다면 감리단장을 못 만났겠지만, 그럼 또 다른 누군가를 만나지 않았을까? 그 왼쪽 길에는 무엇이 있을까?'

낯선 동네를 처음으로 탐색하듯 걸으면서 약간의 기대감이 생겨났다. '내일은 또 어떤 길로 걸어볼까?' 하며 오늘 가지 못한 길을 꼭 가야겠다는 새로운 다짐도 생겼다. 작은 흥분감이 생겨나고 그날 저녁 잠을 설쳤다.

시간이 남을 때 무엇을 해야 할까, 퇴직 후에는 긴 시간을 어떻게 보내야 할까. 나를 은근슬쩍 괴롭혔던 고민에서 해결의 실마리를 찾은 느낌이 들었다. 꽃, 나무, 강, 산, 바다 등의 자연과 시장, 교회, 사찰, 유적지 등 사람이 살아왔고 살아가는 흔적들. 그 속에 책을 읽고, 맛있는 음식을 먹으며 우연히 마주하는 인연들이 있을 거라는 생각에 기대감이 찼다. 하루의 산책이 고민을 작은 크기로 만들어준 것이다. 시간과 공간에 제약이 없는 평생 친구를 얻었다.

사람 속 같은 땅속 들여다보기

도로에 커다란 싱크홀이 생겼다. 시청, 구청, 경찰 그리고 각 언론 취재 기자들이 통제된 도로 주변에서 시끌벅적 떠들고 있었다. 그저 뉴스 속 이야기로 넘길 수만은 없었다. 우리 현장이 싱크홀 옆에 있다는 이유만으로 주범으로 지목된 게 문제였다. 그나마 다행인 건 가설 펜스만 설치되어 있었을 뿐, 터파기는 전혀 진행되지 않은 상황이었다. 싱크홀은 땅속에 지하수가 흘러 빈 공간이 생기고 그 공간이 주저앉아 생기는 웅덩이다. 땅을 파낸 적도 없는 우리에게 원인이 있을 리 없었다.

투입된 장비들이 일사분란하게 움직이더니, 땅속 한참 아래에 있는 오래된 우수 배관이 지하수와 함께 쓸려 내려가는 바람에 생긴 웅덩이라는 것을 찾아냈다. 밤새도록 복구한 덕에 다음 날 새벽에야 비로소 통제선이 철수되었다.

우리 현장 때문이 아님이 밝혀졌음에도 걱정이 밀려왔다.

본격적으로 터파기가 진행되어 지하 10미터에서 20미터까지는 굴착이 진행될 예정이었다. 이후 공사가 완료되어 토사로 덮이는 건 2년이나 지난 후일 터였다. 사계절의 변화, 기상 이변 등에서 문제가 발생하면 옆 도로처럼 싱크홀이 생길 가능성도 우려되었다.

이런 우려와 걱정은 현장에서만 하는 게 아니었다. 현장과 관련된 모두의 안전과 밀접한 문제다 보니 걱정이 한층 짙어졌다. 구청 담당 주무관에게 연락이 왔다.

"과장님, 우리 청장님도 걱정이 많으세요. 본격적인 공사가 이제 시작인데, 혹시라도 싱크홀이 생길까 싶어요. 나중에도 문제없도록 잘 부탁드리겠습니다."

이어서 덧붙이는 말.

"무엇보다 안전하다는 확인이 우선입니다."

땅속은 사람 마음처럼 알 수 없는 곳인데, 우리라고 모든 걸 낱낱이 밝힐 뾰족한 방법은 없었다. 주무관의 전화가 끊어지기 무섭게 발주처에서 연락이 왔다.

"그 근처 싱크홀이 생겼다면서요? 입주 예정자들이 많이 걱정하고 있어요. 어휴, 제대로 확인 안 되면 입주를 안 하겠다고 난리도 아닙니다."

두 전화에 모두 "네, 걱정 마세요. 확인해보겠습니다" 대답은 했지만, 확인이 그렇게 쉬운 건 아니었다. 가만히 있을 수만은 없었다. 입주 후의 문제, 공사 중의 문제 전부 우리 현장의 책임인 건 맞았다. 알 수 있는 방법이 없다고 그저 손을 떼고 있는 건 능사가 아니었다. 사방팔방 연락해 전문가의 의견을 구했다. 그 결과, 건강검진 때처럼 초음파 기계를 이용하라는 답이 나왔다. 기계가 도로 위를 주욱 스캔하고 다니면 땅속이 보인다는 게 아닌가.

"와 그런 게 있어요? 그럼 그걸 하면 되겠네요."

간단하게 답한 나와 다르게 토목 팀장의 낯빛이 어두워졌다.

"과장님, 그 기계가 그렇게 간단하지는 않아요."

문제는 가격이었다. 현장의 삼면은 전부 도로였다. 그 도로 전부에 기계를 사용한다면 금액이 어마어마하다는 것. 그보다 더 큰 문제도 있었다. 많은 사람이 투입되고 큰돈을 쓰는 일이지만 결과가 그리 명확히 나오지 않다는 것. 안전보다 우선해야 할 건 없으니 써야 할 돈일 테지만, 오히려 결과가 애매하게 나와서 공사 진행에 부침이 있을 수 있었다.

"그럼 우선 더 고민해보죠."

고민하겠다고 말은 했지만 도통 감을 잡을 수 없었다.

며칠 후 이진 현장에서 함께 근무했던 사람들과 모임을 가졌다. 사실 현장 문제가 해결되지 않아 나갈까 말까 꽤 고민했지만, 오랜만에 많은 사람과 얼굴을 마주하며 걱정을 줄이고 싶었다. 모임에서 이런저런 대화가 오가는 중에 누군가 말했다.

"서울 한복판에 싱크홀 생긴 거 봤어?"

갑작스러운 싱크홀은 지역을 가리지 않았고, 그 때문에 생긴 사고도 여럿 있었다.

"그냥 걷다가 뚝 떨어진다고 생각해봐. 너무 아찔하다니까."

"불안해서 바닥만 보고 걸어야 할 판이야."

싱크홀이 주제가 되자 현장 문제가 더 다급하게 느껴졌다. 그러던 중 현장 업무를 마치고 본사 품질부서로 자리를 옮긴 직원이 말했다.

"안 그래도 사회적으로 문제가 돼서 난리도 아니죠. 우리는 또 땅을 파고 건물을 짓는 일을 하니 더더욱 와닿고요. 그런데 공사할 때는 걱정 마세요. 저희 부서에서 이번에 땅속을 훤히 들여다볼 수 있는 기계를 구입했습니다. 그것도 가장 최신식으로 말이죠."

눈이 동그랗게 커질 수밖에 없었다.

"문제가 생기거나 걱정이 되는 곳이 있다면 언제든 말씀하세요. 꼭 도와드리겠습니다."

유레카! 나는 냉큼 손부터 들었다.

"나! 당장 필요해! 우리 현장 좀 도와줘!"

그로부터 3일 후. 도로 스캔과 보고서까지 깔끔하게 완료되었을 뿐만 아니라, 관련 관계자들에게 결과물 보내기까지 마쳤다. 심지어 무료였다. 며칠 후 구청 주무관에게 연락이 왔다. 청장님께 칭찬을 받았다나, 뭐라나. 감사 인사도 빠뜨리지 않았다. 발주처도 마찬가지다. 예비 입주자한테 아무런 문제없다고 큰소리 칠 수 있었다고, 민원이 절반 이상 줄었다고 말이다.

아찔했던 상황이었지만, 계속 방구석에 앉아 고민했다면 별다른 소득이 없었을 것이다. 하지만 현장을 함께한 사람들과 공통 주제로 이야기를 나누고, 소통을 했더니 너무나도 쉽게 문제를 해결하게 되었다. 역시나 걱정될 땐 방구석이 아니라 바깥으로 나가야 한다.

현장의 낭만

현장 일은 늘 지방을 오가고, 일하는 내내 먼지 구덩이에 있다고 생각하면 삭막하기 그지없다. 모든 일에는 낭만적인 요소가 하나씩 있기 마련이다. 나는 지방을 오갈 때도, 현장 속 삭막한 공기 속에서도 나만의 낭만을 하나씩 찾았다.

인천 송도가 집인데 현장이 부산으로 결정되었을 때다. 지방 현장으로 배치받아 가족과 떨어져 지낸 적이 많았지만 이렇게까지 멀리간 적이 처음이라 그런지 마음이 괜히 싱숭생숭했다. 짐을 싸서 출발하려는데, 가족들도 내 눈을 못 쳐다봤다. 특히 이제 막 여덟 살이 된 딸아이는 금세 눈시울을 붉히며 언제 돌아오냐고 투정을 부렸다(물론 6개월 정도 지나자 언제 그랬냐는 듯 해맑게 웃으며 배웅을 해주었지만 말이다).

그렇게 부산 생활은 2주에 한 번씩 송도 집을 오가는 계획으로 시작되었다. 워낙 숙소에 오래 지내다 보니, 숙소가 집이고 집은 여행지인 느낌이 들 정도였다. 당시 나는 두 가지 방법을 이용해 집과 현장을 오갔다.

한 가지는 KTX였다. 부산역에서 광명역을 잇는 철로는 그 긴 거리를 세 시간도 채 안 걸리도록 단축해주는 혁신적인 교통수단이었다. 하지만 단점은 집까지 가는 교통수단이 녹록지 않다는 거였다. 특히 요금이 비싸고 늦은 시각에는 이용이 쉽지 않았다. 날이라도 좋으면 예약도 어려워 예매를 놓치면 낭패 아닌 낭패였다.

그다음 방법은 심야버스였다. 나는 빠른 KTX보다 심야버스를 더 선호했다. 현장 근처 해운대 터미널로 가면 12시에 출발하는 버스가 있었다. 금요일은 일을 천천히 마무리하고 관광명소 여기저기 구경을 마치고 여유 있게 버스를 타는 것이 가능했다. KTX의 반값 정도지만 시간은 다섯 시간 더 걸린다. 근데 별로 지루하지 않았다. 버스에 타기 전 돼지국밥에 소주 한 병 마시면 엄청난 중력으로 눈꺼풀이 바로 닫혔다. 집까지 순간 이동을 하는 느낌이었고 부천 소풍터미널에 도착하면 기운이 팔팔했다. 이동하면서 잠도 자니 일석이조였다.

"난 2주에 한 번씩 해운대로 여행 가는 사람이야!"

상황이 어찌 되든 생각하기 나름이다. 현장의 출퇴근 또한 마찬가지다. 현장 울타리 안에서 하루하루 달 보고 출근하고 달 보고 퇴근해서 그런지 세상이 어떻게 변하는지 잘 모르고 살아갈 때가 많기는 하다.

그저 덥다, 춥다, 비 온다, 눈 온다가 전부인 것처럼 여겨질 때도 많았다. 하지만 유일하게 계절을 느끼며 현장을 오가는 발걸음이 가벼워질 때가 있다. 그 변화를 가장 먼저 알아차리게 하는 건 다름 아닌 벚꽃과 단풍이다.

혹독한 동절기를 지나 일하기 좋은 시기, 생산성이 급속도로 올라 늦어진 공종을 만회할 수 있는 시기인 봄. 그 봄을 알리는 건 벚꽃이다. 부산 황령산, 달맞이고개, 진해 해군사관학교, 광주 운천 저수지 등등 꼭 명소에 가야만 꽃을 볼 수 있는 건 아니다. 집, 현장 근처를 대충 거닐기만 해도 온전하게 봄을 만끽할 수 있다.

특히나 지방 현장에는 서울에서 보기 힘든 거대한 벚꽃나무가 줄지어 서 있다. 그럴 때마다 사진으로 담아 가족과 지인들한테 보냈다. 실물보다 사진이 훨씬 덜한 느낌일지라도 함께 봄을 누리는 기분을 나누고 싶어서였다. 영원히 만개할 것 같던 벚꽃나무도 어느새 온 세상에 꽃비를 내리곤 이내 사라졌다.

그러면 이제 준비를 할 시기가 온 셈이었다. 여름이 오고 장마가 시작될 테니 말이다. 봄은 워낙 짧으니 한여름을 준비할 태세에 즉각 들어가야 한다. 매해 어김없이 계절 변화에 따라 현장 준비도 이루어진다.

그렇게 한여름이 지나가면 생산성 높은 가을이 찾아온다. 마찬가지로 공정표가 당겨지고 현장마다 일정을 만회하기 위해서 쉼 없이 돌아간다. 그러다 고개를 들어보면 곱게 물든 나뭇잎이 눈에 띈다. 단풍이다. 휴일이 되면 마음을 다잡고 화순의 불회사 사찰, 담양의 추월산 둘레길을 부리나케 다녀오기도 했다. 단풍은 조금만 지체하면 금세 떨어지니 말이다.

그러면 이내 겨울 동절기를 맞이할 준비를 해야 한다. 열풍기, 난로, 보양포, 천막, 근무복 내외피, 난방기기까지. 동계 준비를 하며 또 매해 맞은 차가운 눈이 생각나지만 괜찮다. 그해 만난 만개한 벚꽃을 가슴속에서 꺼내어 추운 겨울을 이겨낼 테니 말이다.

3부

우리는
삶을
짓는다

덕분에

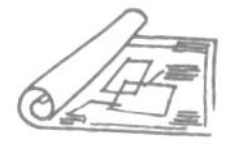

현장이 정해지고 첫 삽을 뜨기 전꼭 하는 행사가 있다. 바로 안전기원제다. 말 그대로 안전을 기원하는 행사로, 종교 행사는 아니다. 그저 현장 착공 전 관계자들이 한자리에 모여 무재해로 건강한 현장을 기원하는 행사다. 매번 하는 안전기원제지만 이따금씩 기억에 남는 현장과 장면이 있다.

당시 분양이 잘된 터라 분위기가 좋은 현장이었다. 너무 초기에 진행하는 기원제에는 발주처, 시공사, 감리단, 인허가 기관이 한자리에 모일 일이 없었다. 하지만 웬일인지 많은 사람이 참석해 규모가 제법 갖춰진 행사를 하게 되었다. 순서에 따라 행사가 매끄럽게 진행되었고 마지막으로 행사장에 참석한 모두가 한마디씩 하는 시간이 왔다.

모든 사람이 공통적으로 우리 현장의 무재해를 위해서, 건강함을 위해서 도와주고 협력하겠다는 말을 했다. 그 와중에 준비해둔 포클레인 두 대의 머리 부분을 아래로 내리는 모습을 보니 왠지 사람이 고개 숙여 인사하는 모습과 비슷해 보였다.

행사장에 달려 있는 큰 현수막엔 이렇게 적혀 있었다.

"무재해를 위해 최선을 다하겠습니다."

알게 모르게 도움을 주고받고 서로 인연이 되어 살아가는 세상. 다시 한번 더불어 사는 것에 대해 감사함을 느꼈다. 덕분에 무재해로 준공했다, 덕분에.

현장은 인간 시장

현장은 일반 사무직이라면 절대 만나볼 수 없을 정도로 다양한 사람이 오가는 곳이다. 은퇴한 학교 선생님과 경찰 공무원, 특전사와 해병대 등을 전역한 군인, 대기업 정년퇴직자, 때로는 이제 막 교도소에서 출소한 사람, 고등학교를 이제 막 졸업한 사람, 방학 중 용돈을 벌기 위해 나온 대학생, 본국 가족에게 돈을 보내기 위해 온 외국인 등등. 이곳 현장의 모든 인물의 사연을 들어보면 웬만한 드라마, 영화, 책에서 나올 법한 이야기가 전부 나열될 정도다.

이렇게 다른 사람이라 해도 현장 근로자가 되는 순간 새벽 5시형 인간이 된다. 해가 뜨기도 전에 자재 차량은 현장에 도착해 있고, 시공 팀은 신발 끈을 맨다. 함바 또한 일찌감치 나와 쌀을 안치고 하루를 시작한다.

이토록 다양한 사람과 함께 수십 년 동안 건물을 올렸다. 이 일을 멋지게 여기고 오래 할 수 있었던 이유는 그 수많은 사람과의 협력 덕분이었다. 물론 저마다의 사연이 다르고 살아온 삶도 달라 어려움도 많았지만 나는 그들의 땀방울에서 진짜 일의 의미를 알게 되었다. 이러한 사연 중에서도 으뜸으로 생각나는 사람들이 있다. 이름하여 '원더 할망스'. 조경공사에서는 절대 빠질 수 없는 할머니 근로자다.

준공이 어느 정도 남은 시점이 되면 본격적인 조경 공사가 시작된다. 조경 공사에는 시설물 블록 포장, 식재 작업 등등 세부 공종이 있는데, 특별히 신경 써야 할 정도로 깐깐하고 조경에 완성도를 높이는 건 바로 잔디 작업이다. 잔디 작업은 수작업으로 이어지는데, 이 일을 해내는 사람들은 그 어떤 현장에 가도 비슷하다. 바로 원더 할망스, 할머니들이다.

잔디 작업을 해야 할 때가 되면 새벽에 대형 버스 몇 대가 현장에 온다. 이내 문이 열리면, 비슷한 복장과 색이 같은 모자, 장갑을 낀 할머니들이 잔뜩 내린다. 게다가 엉덩이에는 정체모를 둥근 스티로폼을 달고 오는데, 매번 같은 할머니들이 매 현장을 도나 싶을 정도로 똑같은 모습이다. 보통 노인정을 가도 나이 많은 여성 70~100명이 모이기는 힘든 일이다. 그런 할머니들을 한데 모으고 통솔하는 반장조차도 나이가 지긋한 할아버지였다.

처음에는 놀랄 수밖에 없었다. 시키면 안 될 일을 시킨 것 같아 미안한 마음이 드는데, 그것도 잠시다. 석연치 않은 걸음으로 느긋하게 걷다가도 반장의 지시에 맞춰 질서정연하게 자기 구역을 찾아 앉는다. 그때 비로소 엉덩이에 달린 스티로폼의 용도를 알게 된다. 바로 의자다. 그런 뒤 손으로 흙을 갈고리질하듯이 정리하며 돌을 쏙 뽑아낸다. 그리고 이내 한 걸음씩 자리를 옮기면 잔디들이 모습을 드러내는 것이다. 그렇

게 몇 걸음만 움직여도 현장은 환한 초록빛으로 물들고, 나는 곧 입주할 사람들의 들뜬 모습이 연상되었다.

식사 시간도 조금 특별하다. 오전 내내 열심히 손을 움직이다가도 약속이라도 한 듯이 시간에 맞춰 각자 갖고 온 도시락 가방을 열어 보인다. 그 안에는 과일, 원두커피, 밀크커피, 주먹밥과 찬거리가 가득 들어 있다. 거기에 더해 세상사를 주고받는 모습을 보면 나의 할머니와 어머니의 모습이 떠오른다.

정말 뚝딱이다. 현장을 지나가는 다양한 사람 중에서도 가장 연로하신 분들이 다녀가면 그야말로 삭막했던 황토색 땅이 어느새 정이 가는 푸른 초록빛으로 뒤바뀐다.

현장엔 사람만 있는 게 아니다

수많은 프로젝트는 다양한 경험을 쌓게 만들고, 또 그만큼 다양한 사람의 손을 만나게 해준다. 누구 한 명의 큰손이 아닌, 수천 명 이상의 작은 손들이 모여야만 건물이 올라간다. 그렇게 사람과 장소를 통해 많은 것을 보고 배웠다. 그런데 또 현장에는 사람만 있는 게 아니다. 늘 놀라운 의외의 만남이 있다.

한 현장에는 착공한 지 무려 5개월이 지나는 동안 터파기조차 못 하고 있는 동이 있었다. 단지 내 딱 한가운데 자리 잡은 동이 다른 동과 같은 속도로 기초공사를 하지 못한 것은 맹꽁이 때문이었다. 그 자리가 천연기념물 맹꽁이의 서식지라는 이유로 환경 단체와 시공사 간의 밀고 당기는 답 없는 공방만이 오가게 된 것이다.

환경 단체는 맹꽁이 서식지니까 절대 건들지 말라는 입장이었고, 우리는 아무리 봐도 개구리 울음소리라는 입장이었다.

정말 맹꽁이의 서식지냐 아니냐, 그것이 문제였다.

문제는 소리로는 도통 알 수 없는 이 녀석들이 절대 얼굴을 내비치지 않는 탓에 계속해서 갈등만 깊어지는 상황이었다. 하지만 5개월 이상 지연된 마당에 더 이상 미루다간 원가 타격은 물론이고, 입주 시기 또한 미루어지는 문제가 생길 게 불 보듯 훤했다. 누군가의 큰 결심이 필요한 순간이었다.

시공사 입장에서는 다양한 경로를 통해 맹꽁이 서식지 유무를 살폈고 결론은 아니라는 데 초점이 맞춰졌다. 더 이상 미룰 수만은 없었다. 새벽 5시 백호로더 다섯 대를 출동시켰다. 그리곤 앞뒤 안 재고 곧바로 터파기에 돌입했다. 공사를 시작하게 된 것이다. 본격적인 공사를 위해 작업 근로자들을 일찍 불렀고 그들은 작업을 위해 주변을 분주하게 움직였다. 그제야 마음이 홀가분해졌다. 다른 동과 속도를 맞출 수도 있겠다는 생각에 마음이 놓였다.

그런데 새벽 6시쯤 되자 환경 단체 직원들이 부리나케 달려와 우리의 현장을 에워싸기 시작했다. 다급하게 공사 소식을 들은 것이었다. 안전을 위해 현장 진입을 막자 대성통곡을 시작하는데, 괜히 마음이 짠했다. 순간 '정말 맹꽁이의 서식지였다면 어땠을까?' 하는 마음이 밀려왔다. 하지만 어쩌랴. 나는 그들의 곁을 조심스레 피해 지나갈 수밖에 없었다.

양서류와의 인연도 잠시, 그다음 프로젝트에서는 산을 만났다. 큰일을 비유적으로 표현한 게 아닌, 정말 산 말이다. 당시 프로젝트는 산 하나를 통째로 옮겨야 할 정도로 산과의 거리가 가까운 현장이었다. 이런저런 의견이 오갔지만 그저 무작정 파볼 수만은 없었다.

곧바로 산의 주상도를 살폈다. 보아 하니 일부 토사를 걷어내면 경도가 상대적으로 약한 풍화암이 나오고 그 아래 곧바로 암반이 나오는 구조였다. 지역 자료를 찾아보니 약 1억 년 전 중생대 백악기에 지질 생성된 강한 화강암이라고 했다. 꽤나 골치 아픈 현장이었다. 그것도 그럴 것이 암반의 크기와 두께는 파보기 전까지는 전혀 알 수가 없어 예측한 일정을 벗어날 가능성이 높았기 때문이다.

토목 공사 시작 후 한 달 반 정도가 지날 때였다. 흙에 가려져 있던 암반이 서서히 모습을 드러냈다. 역시 최악의 결과가 나왔다. 우리의 바람을 비웃듯이 암반은 한눈에 봐도 단단하게 자리 잡아 그 어떤 기계가 달려들어도 절대 깨지지 않을 것처럼 보였다.

처음 시도에는 백호 브레카를 이용했다. 이른바 굴착기로 암반을 깨뜨리려 했지만 깨지기는커녕 탕탕 반동만 있을 뿐이었다. 그 반동으로 울리는 소음은 엄청났다. 도심에 있는 현장에서 수박 두드리듯 돌을 두드릴 수만은 없었다. 방법은 단 하나였다. 조그맣게 구멍을 뚫은 뒤 그 안에 화약을 넣고 터뜨리는 발파뿐. 도심이라 해도 안전상 문제만 없다면 가능한 일이었다. 이럴 땐 우선 시험 발파로 효과가 있는지와 현장과 주변에 문제가 생기는지 살펴봐야 했다.

시험 발파 당일이 되었다. 모두가 혹시 모를 안전사고에 대비해 긴장의 끈을 놓지 않고 있었다. 도심 한가운데서의 발파는 모든 사항을 대비해도 부족함이 느껴지는 일이기 마련이었다. 그리고 드디어 카운트다운에 돌입했다.

3, 2, 1. 발파!

순간 땅이 흔들리는 미세한 느낌과 함께 암반 위를 덮은 거적이 풀썩거렸다. 다행이었다. 주변은 잠잠했고 어떤 일도 벌어지지 않았다. 큰 문제가 없어 보인다는 사실에 다들 안도의 한숨을 내쉬었다. 그렇게 장장 세 달간 발파를 했고 산 반 쪽이 흔적 없이 사라졌다. 그리고 우리는 예정대로 500세대의 보금자리를 만들었다. 4인 가족이 들어와 산다면 무려 2천 명의 주거를 해결한 것이다.

물론 1억 년 전 이미 만들어진 땅을 없앤다는 게, 건드리면 안 될 뭔가를 건드린 것만 같아 산에 미안한 마음이 들기도 했다. 하지만 사람들의 뒤바뀐 생활과 도심의 필요성, 그에 따른 주거 해결을 위해서 하는 것이라는 사명감에 따른 일이었다. 그래서 매번 현장의 모든 곳에서 간절하게 기도했다. 모든 사람이 안전하게 일을 해내기를, 자연의 모습이 최대한 보존된 상태로 집을 짓기를 말이다.

하자 사무실의 하루

현장 일은 준공에서 끝나는 게 아니다. 사람들이 입주하고 나면 하자와 관련한 사후 처리 등으로 골치가 아파진다. 문제는 아파트가 많이 생겨나고 수많은 사람이 새 아파트에 입주하는 일이 늘어나면서 입주자들이 반전문가가 되었다는 점이다. 옛날처럼 대충 눈대중으로 처리하고 유야무야 넘어가는 건 어림도 없는 일이었다. 이때 중요한 건 원리 원칙이다. 원리 원칙대로 처리하면 집집마다 다르게 처리해줄 필요도 없고 우리도 해야 하는 제 역할에만 충실할 수 있다.

한 현장에서는 입주 초기부터 9시가 되면 하자 사무실로 찾아오는 어르신이 있었다. 늘상 말씀하시는 단계가 있었는데, 보통은 화부터 내고 10분 정도 지나면 본인의 무용담을 한 시간 정도 말하고는 사무실을 떠나는 식이었다. 다른 직원들은 스트레스를 받아서 내가 어르신의 전담이 되었다. 돈 드는 일도 아니고, 어깃장을 놓으며 무작정 떼를 쓰는 게 아니니 기꺼이 말상대가 되어드린 것이다. 다행히도 어르신의 말이 꽤 재미있어서 지루하지 않았다.

그렇게 시간이 흘러 한 달 정도 지날 무렵이었다. 9시가 되었는데도 어르신이 영 찾아오지 않았다. 어르신과의 대화가 아침 티타임처럼 느껴져 괜히 허전했다. 혹 혼자 사는 데 문제가 생긴 건 아닌지 걱정도 되었다. 그리고 11시쯤 내 자리로 걸려온 전화. 바로 그 어르신이었다.

"나하고 오늘 점심 한 끼 합시다, 우리 집에서."

'웬일이시지…….'

그간 말상대해준 게 고마워서였다는 생각에 거절하지 않고 찾아뵙기로 했다. 그런데 거실로 들어가자마자 깜짝 놀랐다. 평소와는 왠지 모를 깔끔한 복장을 하고서는 상을 거하게 차려놓았는데, 말로만 듣던 '상다리가 부러질 정도의 음식'이 가득 놓여 있었다.

"내가 오늘 김 대리를 위해서 준비했네."

'뭐 이렇게까지…' 생각하는 순간 어르신께서 갑자기 "얘야 나와 보거라" 하며 큰소리를 냈다.

"아……. 아빠 왜 그래, 안 먹는다니까."

앳돼 보이는 목소리와 함께 한 여자가 방에서 나왔다. 그렇게 생각지도 못한 어색한 식사를 하고 차를 한잔 마시는데 어르신이 질문을 했다.

"자네 총각이지? 이제 결혼도 생각해야지."

도무지 영문을 알 수 없었다. 그저 아무 생각 없이 솔직하게 대답했다.

"아, 아닙니다. 애기도 둘 있습니다. 첫째는 세 살, 둘째는 배 속에요."

순진하게 대답했을 뿐인데, 순식간에 뒤바뀐 어르신의 눈빛을 아직도 잊을 수가 없다. 이후로는 9시에 찾아오지도 않았다. 나도 참 둔했다. 나중에 곰곰 생각하고 나서야 그 식사의 의미를 알게 되었다.

'미리 좀 물어보시지……. 자기 딸은 어떠냐고.'

앞선 에피소드는 꽤 당황스럽지만 그래도 아름다운 이야기다. 그만큼 자기 집을 지어준 사람을 잘 봐주고 딸까지 소개할 정도로 생각했으니 말이다. 하자 사무실에는 고성이 오가고 원칙조차 파괴되는 게 일상이었다. 어느 현장에서는 정말 말 마따나 대판 싸움이 난 적도 있었다.

그날도 마치 미래를 예측하듯이 날도 우중충하고 아침부터 하자 사무실 공기가 가라앉아 있었다. 괜한 촉이 발동되었다. 뭔가 큰 게 올 듯한 기분이랄까. 그렇게 한참이 지난 후 아니나 다를까 누군가 유난히 크게 슬리퍼 끄는 소리를 내며 오는 기척이 났다. 점점 가까워질수록 울리는 껌 씹는 소리부터가 왕년에 놀아본 티가 나는 듯싶었다. 역시나였다. 문을 젖히고 들어와서는 인사도 없이 큰소리로 외쳤다.

"여기 책임자가 누구야?"

걸걸한 목소리에 왠지 제압당하는 느낌을 받았다. 그런데 얼굴을 보면 목소리와는 안 어울리는 젊은 여자였다. 그 당시 내 나이가 스물아홉 살이었는데 겉모습으로 봐서는 나와 비슷한 또래로 보였다. 가만히 탐색 중인 날 보더니 잘 걸렸다는 표정으로 물었다.

"당신 뭐야?"

질문을 하니 대답할 수밖에.

"여기 현장 기사인데요."

"당신 말고 윗사람 누구 없어?"

또 물으니 역시 아는 만큼 대답했다.

"없는데요."

묻길래 대답은 했지만 자꾸만 반말을 하니 기분이 언짢아졌다. 그래도 내가 하는 일에 입주자 응대가 껴 있다는 생각에 꾹 참았다. 그 순간 크게 한방이 들어왔다.

"아니 이게 사람 사는 집이야, 개집이야?"

그 여자의 목소리가 내 머리를 때리는 것 같았다. 2년간 수많은 사람이 새벽부터 밤늦게까지 귀한 시간을 바쳐 지었건만 개집이라니! 그 소리를 들으니 입주자 응대고 뭐고 참아야 한다는 생각마저 싹 사라지고 말았다. 순간 욱해서 달려들었다.

"당신 뭐라 그랬어? 아무리 그래도 개집이 뭐야, 진짜!"

그러자 맞은편 여자도 질세라 달려들면서 듣도 보도 못한 욕을 날리는 게 아닌가. 그마저도 부족하다고 생각했는지, (아무리 그래도 성인 남자인데) 내 멱살을 잡으려고 손을 뻗었다. 이를 진작 눈치채고는 안 잡히려고 책상 위로 재빠르게 올라갔다. 여자는 책상 위든 어디든 상관없다는 듯 자꾸만 나에게 주먹을 휘두르고 손을 뻗었다. 하지만 일단 내가 상대보다 위에 있으니 여자를 밀어내기 수월했다. 그런데 가만 보니 '싸워봤자 나만 손해인 싸움 아닌가?' 하는 생각이 들었다. 나중에 일이 생겨도 어차피 내가 책임져야 할 게 빤히 보였다.

'암만 그래도 현장 하자 처리 담당자로 있는데 입주자랑 싸워서 내가 얻을 게 뭐 있지?'

이렇게 깨달았지만, 갑자기 사과를 건네기도 멋쩍은 상황이었다. 서로 의미 없이 욕만 던지고 시간을 보내는데 갑작스레

문이 열렸다. 공사 과장이었다.

"김 기사, 뭐하고 있는 거야?"

공사 과장의 등장으로 상황은 자연스럽게 정리되었다. 일단 다른 직원이 여자를 데리고 나갔고 나는 공사 과장에게 사무실에서 일어난 일을 상세하게 말했다. 여자의 말투, 행동이 참을 수 없었고 특히나 '개집'이라는 말에 순간 욱했다고. 그렇게 말다툼 중에 공사 과장이 들어온 거라고 설명했다. 자초지종을 듣고 난 공사 과장에게 크게 꾸지람을 들었다.

"김 기사, 아무리 그래도 입주자고 우리 고객인데 자네가 참아야지. 그리고 직장 생활 하려면 하루에 참을 '인' 자 열 번씩은 마음에 쓰고 다녀야 하는 거 몰라?"

"죄송합니다……."

창피함이 밀려왔다. 나는 성인이고 이곳은 직장인데, 스스로 화를 참지 못했다는 게 부끄러웠다. 다음에는 이왕이면 잘 달래서 어떻게든 상황을 마무리하겠다고 다짐했다.

다음 날이 되었다. 이른 아침부터 세대 작업을 마무리하고 사무실로 돌아가는 길이었는데 사무실 앞 복도에서 큰소리가 쩌렁쩌렁 울렸다. 사무실에서 그야말로 큰 싸움이 일어난 것 같았다. 사람들 사이로 들어가 보니, 어제 나와 싸운 그 여자와 공사 과장이 한바탕 중이었다. 어제의 나와는 비교도 할 수 없었다. 서로 머리채를 잡고 뒹굴고, 치고, 박고, 할퀴고……. 아무리 떼어놔도 둘은 다시 붙었고 서로 씩씩대며 욕을 해댔다. 순간 어제의 창피함이 사라졌다. 참을 '인' 자 열 번 새기는 공사 과장도 저 정도인데, 나는 정말 잘 참은 것이다. 그리고 머릿속으로 생각했다.

'아 깜박했다. 어제 말씀드렸어야 했는데…… 불리할 땐 무조건 책상 위로 올라가시라고!'

여동생

새로운 현장에 이력서가 들어와 면접을 보기로 한 날이었다. 말끔하게 차려 입은 젊은 사람이 사무실 안으로 쑥 들어왔다.

"저기…… 면접을 보러 왔습니다."

가만히 고개를 들어 보니 긴장되어서인지 혹은 분위기가 어색해서인지 상당히 경직된 모습이었다. 찬찬히 이력서를 살펴보고 어색한 분위기를 누그러뜨리려 농담으로 질문을 시작했다.

"이름 끝에 '왕' 자가 들어가 있네요. 너무 멋있어요. 가만 보자…… 아, 야학을 했네요?"

"네, 오래는 못 하고 조금 했습니다."

"그리고 여동생이 한 명 있네요. 오빠한테 잘해주나요?"

"어렸을 때 집안 사정으로 부모님과 따로 살게 되면서 서로 의지하며 살았습니다. 그래서 무척 잘 지냅니다."

별 얘기는 아닌데 괜히 감정이 울컥하고 올라왔다. 그의 대답과 말투, 행동에서 쉽게 살아오지 못했다는 인상을 받았고 그러한 환경 때문에 더 긴장한 것처럼 보여서였다.

"현장은 일하기 쉽지 않은 곳이에요. 왜 굳이 오려고 하죠?"

"졸업한 지 벌써 6개월 정도 지났는데, 취직이 잘 안 되더라고요. 뽑아만 주시면 정말 열심히 일하겠습니다."

대답을 듣고 그의 눈을 쳐다봤다. 왠지 내가 꼭 뽑아야 한다는 의무감이 마음에 가득 찰 정도로 순수한 눈빛이 반짝이고 있었다.

"네, 알겠습니다. 조만간 합격 유무를 결정해 연락드리겠습니다. 조심히 들어가세요."

그가 등을 돌려 현장을 나가는 모습을 보자 괜히 오랜 인연이 될 것 같다는 느낌이 들었다. 고민을 하고 그에게 합격 통보를 하려던 찰나, 본사 방침이 바뀌었다는 공지가 내려왔다. 현장 채용이 중단되었다는 내용이었다. 하필이면 면접도 마치고 채용하려던 때였지만, 예외를 둘 수는 없었다. 그에게 전화를 해 방침이 바뀌었다는 내용과 미안하다는 말을 전했다. 마음이 찝찝했지만, 내가 바꿀 수 있는 건 없었다.

6개월이 지났다. 본사에서 현장 채용이 다시 허용된다는 공지가 내려왔다. 혹시나 하는 마음에 그에게 다시 전화를 걸어 봤다.

"안녕하세요. 오랜만입니다. 현장 채용이 다시 가능해져서요. 혹시라도 일하실 수 있을까 해서 연락드립니다."

그는 아직 입사한 곳이 없어서 가능하다고 답했다. 왠지 나를 흔들었던 의무감을 채운 것 같아 마음이 편안해졌는데 갑자기 또 본사에서 연락이 왔다.

"네? 신입 직원이요?"

건설업 현장은 신입 사원을 받기가 여간 쉽지 않다. 그럼에도 본사에서 신입을 보내준다는 건 그만큼 현장의 중요도를 높이 평가한 것이었다. 기쁜 일이 분명했지만 또 다시 발목 잡힌 기분을 버릴 순 없었다. 신입 사원이 들어오면 그 친구의 자리가 없어지기 때문이었다. 어쩔 수 있나. 다시 수화기를 들었다.

"정말 미안하게 됐습니다. 하필 이 타이밍에 본사에서 충원을 해준다고 하네요."

나라면 장난하는 거 아니냐며 따질 것도 같았는데, 그는 그저 괜찮다고, 연락해 알려줘서 고맙다는 말만 하고 끊었다.

그렇게 시간이 또 흐르고 흘러 6개월이 지났다. 준공이 가까워지면 세부 작업에 직원들의 신경이 날카로워진다. 그런 시기에 직원 한 명이 불쑥 사직하겠다는 말을 전해왔다.

"저는 이 일과는 안 맞는 것 같아요……."

준공이 임박한 현장은 일이 많다. 그리고 일정을 맞추기 위해 더더욱 다급하게 돌아가야 한다. 그러다 보니 새로운 사람이 올 리도 없는 곳, 본사에서 충원해줄 리 없는 곳이었다. 문득 이름 끝 '왕' 자가 생각났다. 전화를 다시 하기 무척이나 미안했지만 왠지 인연일 것 같다는 느낌이 들었다. 다시 수화기를 들어 입사를 권했고 우리의 인연은 그렇게 시작되었다.

성실하긴 무지 성실했다. 말귀를 쉽게 알아듣지 못하고 종종 늦는다는 흠이 있어 혼내기도 많이 혼내고 듣기 싫어할 소리도 많이 했다. 그래도 그는 기분 나쁜 티를 내거나 따지지도 않고 늘 아무 변명 없이 오뚜기처럼 출근해 일했다.

오랜만에 생긴 주말 근무였다.

"왕! 끝나고 오랜만에 삼겹살에 소주 한잔 어때?"

잠시였지만 머뭇거리는 표정이 얼굴에 드러났다 사라졌다.

"네, 그래요."

그렇게 밥을 다 먹고 있는데 시계를 쳐다보기도 하고 또 머뭇대는 표정을 하는 게 아닌가.

"무슨 일 있어?"

"사실 제 동생이 절 기다리고 있어서요……. 옆에 치킨 집에서 아까부터 있었어요."

"아 그래? 편하게 얘기하지 그랬어."

여동생이 오빠를 보러 먼 길을 달려왔다고 했다. 헤어지려고 일어나는데, 갑자기 그가 말했다.

"여동생이 과장님을 꼭 뵙고 싶다고 그러는데 시간 괜찮으실까요?"

잠시 후 여동생이 자리에 왔다. 첫인상이 어찌나 남매가 똑같은지, 거짓 없어 보이고 착실한 인상이었다.

"안녕하세요. 말씀 많이 들었어요. 저희 오빠 일할 수 있게 해주셔서 정말 감사합니다. 저희 오빠지만 정말 착하고 성실해요. 꼭 이곳 일 잘 적응하고 배울 수 있게 도와주세요."

짧은 몇 마디 말이었지만 마음이 따뜻해졌다. 남매가 서로를 응원하고 잘되기를 비는 마음이 퍽 감동적이었다. 게다가 눈물이 맺힌 간절한 눈에는 진심이 담겨 있었다.

"걱정 마세요. 제가 잘 챙기겠습니다."

어느 덧 10여 년이 지났다.

"여동생 잘 있지?"

"네, 결혼해서 아기 낳고 잘 살고 있습니다."

순간 마음이 편해진다. 아마 여동생과의 약속을 잘 지키고 있어서일 거다.

오타니를 넘어선 나의 후배

현장은 3D 업종으로 분류되고 겉보기에도 근무 환경이 썩 좋아 보이지만은 않다. 보이는 게 전부가 아님에도 불구하고 현장 일에 대한 오해가 많듯이 현장에 진입하려는 젊은 직원의 수도 그만큼 줄어들었다.

몇 해 전이었다. 현장 경비실에서 연락이 왔는데 젊은 사람이 책임자를 만나고 싶어한다는 거였다. 보통 이럴 때는 민원인 경우가 많아 으레 그러려니 하고 나갔다. 그런데 웬 대학생이 뻘쭘하게 앉아 있는 게 아닌가.

사연은 이랬다. 대학에서 건축과를 전공하고 졸업했는데 취직이 어려워 집 근처 현장에서라도 경험을 쌓고 싶다고 했다. 돈이고 뭐고 주는 대로 받을 테니 취직만 시켜달라는 말에 내 마음이 홀랑 넘어간 건 아니었다. 눈빛이 살아 있었고 무엇보다 간절함이 보였다. 그리고 때마침 마감 공사 체크할 사람을 알아보던 중이라 못 이기는 척 다음 날부터 출근하라고 했다.

감사하다고 인사하며 사무실을 나서는 뒷모습을 보면서 솔직히 한 달을 채 넘기기 쉽지 않을 거라고 생각했다. 그런데 두 달, 석 달 어느덧 해를 넘겼다. 볼 때마다 대견스럽다는 말이 절로 나왔다.

그렇게 한 해가 가고, 새해를 맞이하며 직원들과 식사 자리를 가졌을 때였다. 이런저런 얘기를 하다 작심삼일이라도 새해 목표를 함께 공유하자고 제안했다. 금연, 다이어트 등등 뻔한 말들만 쌓이기 시작했을 쯤 그 친구 차례가 되었다.

"네. 저는 정규직 직원이 목표이며……."

그는 정규직 직원이 되기 위해 구체적으로 어떻게 할 건지 세부 목표를 여덟 가지로 나누고 각 목표를 성취하기 위한 행동 수칙 여덟 가지를 또 상세하게 말했다.

'거참 신기하네. 너무나도 구체적인데?'

어떻게 이토록 구체적이고 세부적으로 목표와 행동 수칙을 나눴는지 물었다.

일본 프로 야구선수 중 투수로 유명한 오타니 쇼헤이는 고등학교 때 프로 지명 1순위가 되기 위해 '만다라트 법칙'이라는 걸 만들어 집념을 불태웠다고 한다. 2014년 WBC에서 우리나라 타자를 실력만으로 곤죽으로 만든 일본 투수라 내 기억에도 있는 선수였다. 오타니가 실력만으로 유명해지고 훌륭한 투수로 자리매김했을 때 그의 행동을 분석하고 벤치마킹해서 자기의 것으로 만들었다고 말했다.

'기가 막히다. 너무 멋져서.'

이 얘기를 듣고 난 이후로 버릇이 생겼다. 어떤 목표가 생기면 바로 만다라트 법칙을 만들었다. 오타니를 벤치마킹한 젊은 직원이 내 현장에 있다는 게 자랑스러웠고, 우리 현장을 지킨다는 게 고마웠다. 오타니를 벤치마킹한 그 친구, 그리고 그 친구를 벤치마킹한 내 모습이 너무 마음에 들었다. 이후 다시 취직 준비를 하겠다며 현장을 떠났고 몇 달 후 연락이 왔다.

"저 한화건설에 정식 입사하게 됐습니다. 감사합니다!"

아, 바로 이 맛이지!

오래 보아야 아름답다. 너도 그렇다

"여보세요."

어느 날 핸드폰으로 연달아 전화가 왔다. 모두 다른 사람이었지만 다들 한 사람에 대해 말하고 있었다.

"오랜만입니다. 거기 현장에 송 과장 있지요? 그냥 넘어가기 힘들어서 말씀드려요. 그 친구 썩 안 좋은 친굽니다. 굉장히 고집이 세요. 독불장군으로 소문 나 있는 데다가, 타협 안 하기로 유명하고 주변 사람은 또 어찌나 무시하는지……."

굳이 확인 작업이 필요 없는 이야기를 나에게 건넸다. 그리고 잠시 후 또 다른 사람에게 전화가 왔다. 이전 현장에서 함께 일했던 동료였다.

"안녕하세요. 오랜만에 전화를 주셨네요."

"잘 지내지요? 거기 송 과장이 갔다고 이야기 들었습니다. 아무래도 걱정이 돼서요."

또 같은 이야기를 하려나 보다 했는데, 이번에는 그 반대였다.

"그 친구 호불호가 있을 텐데, 잘 지켜보면 장점이 훨씬 많은 친굽니다. 모쪼록 잘 살펴봐주세요."

마음이 아리송했다. 아직 나는 송 과장을 대면하기 전이었는데, 여러 창구를 통해 그 인물에 대한 평가를 듣다 보니 어떤 사람인지 정확하게 그려지지 않았다. 초면은 아니었지만 일을 함께한 적은 없었고 오가며 인사만 나눈 사이였다.

그렇게 아리송한 채로 일을 시작한 지 얼마 지나지 않아 송 과장에 대한 얘기가 여기저기서 들려왔다. 사실 제일 처음 전화로 전달된 내용과 비슷했다. 독불장군, 타협 불가, 주변 사람 무시. 이런 이야기들은 문제 해결이 되지 않고 돌고 돌아 나에게 오기 마련이었다.

현장 자체에서 문제가 있다면 간단하게 해결책을 제시할 수 있지만 사람 간의 문제라면 어디에서 문제가 생겼는지, 조금 더 상세한 확인이 필요하다. 결국 송 과장을 데리고 직원들과 미팅을 갖기로 했다. 우선 컴플레인이 있었던 팀을 만나송 과장과 문제가 생긴 사항을 살폈다.

"어? 이건 송 과장이 정확히 짚은 것 같은데. 송 과장 얘기대로 하면 지금은 좀 힘들어도 나중엔 훨씬 수월한 방법이야."

그다음으로 감리단과 미팅을 잡았다.

"감리 이사님 말씀도 맞네요. 그렇지만 시공사 사정상 송 과장 얘기대로 할 수 있도록 부탁드립니다."

마지막으로 발주처와 미팅을 했다.

"요즘 발생하는 문제에 대해서 시공사에서는 어떤 조치를 하고 있습니까?"

의도와 다르게 그들의 질문 공세가 이어졌다. 워낙 질책하는 자리처럼 되어 참석자들이 입을 굳게 다물고 있는데 송 과장이 기승전결 딱 부러지게 말을 이었다. 어지간하면 발주처에서 반박할 수도 있었지만, 워낙 논리적으로 맞는 이야기라 조용했다.

이상하다는 생각이 단박에 들었다. 내가 들은 대부분의 이야기에서 송 과장은 독불장군이고 다른 사람들과는 타협도 없으며 주변을 무시하는 사람이었다. 하지만 내가 겪은 상황에서는 전혀 아니었다. 틀린 말을 한 적도 없고 논리적이기까지 하다. 심지어 자기주장을 위해 주변 사람을 설득하는 데 최선을 다한다. 송 과장과 함께 회의실을 나섰다.

"송 과장은 계속 집 떠나 있다가 이렇게 집 근처에서 출퇴근하니까 어때?"

"많이 좋습니다. 무엇보다 주일에 교회도 빠짐없이 갈 수 있고요. 그래서 지금은 교회 구역장을 맡아 일주일에 한 번씩 예배 모임도 인도하고 있습니다."

"그래? 그런 모임도 주도해서 하고 있구나."

독불장군에 주변 사람을 무시하는 인간상과는 거리가 먼 행보였다. 그럼 뭘까. 사실 답은 정해져 있었다. 송 과장의 말은 틀린 말 하나도 없고 다 맞는 말이다. 다만 듣는 사람이 불편하게 전달할 뿐인 것이다. 송 과장의 평소 말하는 모습을 곰곰이 떠올렸다. 목소리의 톤과 높낮이, 말하는 방식이 듣기 싫은 말로 뒤바꾼 것 같았다. 속으로 생각했다.

'말하는 방식만 바꾸면 지금 받는 오해는 사라질 거 같은데.'

근데 또 알아차려도 문제였다. 다 큰 성인에게 말하는 방식을 바꾸라는 조언이 조금은 기분 나쁘게 들릴 수도 있을 터였다. 나 또한 그를 위한 조언이라고는 하지만 완곡하게 잘 전달하는 방식을 택해야 했다.

"송 과장. 이번 5월 1일 근로자의날에 다니는 교회 목사님 모시고 현장에서 안전을 기원하는 예배를 드려볼까? 어떻게 생각해?"

송 과장은 예상대로 좋아했다. 그렇게 현장에 송 과장 교회의 목사님과 사모님, 현장의 크리스천들이 모였다. 그 자리에는 절실한 신자인 감리단장까지 왔다. 현장에서 울려 퍼지는 찬송가가 무척 낯설었지만 은혜롭게 느껴졌다.

예배 후 이런저런 말을 나누는데 송 과장 이야기가 나왔다. 송 과장에게 적절한 조언을 할 수 있는 타이밍이라고 생각할 때였다. 그런데 나보다 먼저 목사님이 말을 꺼냈다.

"송 과장은 성실하고 모범적인 가장이라 다 좋은데 말하는 방법만 조금 개선하면 좋을 것 같아요."

깜짝 놀랄 수밖에 없었다.

'세상에 내 마음을 어찌 아시고…….'

그러자 이번에는 감리단장이 말을 거들었다.

"기술적인 조언도 그렇고 현장 경험을 보면 그야말로 완벽한 엔지니어인데……. 나도 그게 늘 아쉬웠어요. 말하는 방식이라고 해야 할까요?"

칭찬을 앞세우고 조언은 뒤에 덧붙인 조심스러운 말이었다. 예배와 칭찬에 기분이 좋아졌는지 송 과장이 다짐하듯 답했다.

"네, 저도 잘 알고 있습니다. 불편하게 해드렸다면 제가 부족했던 탓이겠죠. 앞으로는 노력해서 좋은 모습 보여드리겠습니다."

그 이후 독불장군, 타협 불가, 주변 사람 무시한다는 이야기가 쏙 들어갔다. 예전의 송 과장 모습과는 완벽하게 달라진 것이다. 내가 한 노력은 단순했다. 송 과장에 대한 확신이었다. 한자리에 모인 사람들이 내 의도를 아는 듯이 함께 이야기를 건네주었을 뿐이다.

사람은 한눈에 파악하기 어렵다. 오래 보아야, 그의 진심과 속마음을 진정으로 알게 된다. 오랫동안 보고 느껴보자. 나와 너, 우리를 위해서.

현장의 행복주치의

처음 현장에 일을 하러 오면 무조건 받아야 하는 교육이 있다. 바로 신규 안전교육이다. 법적 필수 사항으로 일을 하기 위한 하나의 조건이다. 그날도 어김없이 새벽녘 카랑카랑한 여자 목소리가 안전교육장에 울려 퍼졌다.

"신규로 오신 분들 이쪽으로 오세요. 서류 작성 먼저 하고 혈압부터 재겠습니다. 어, 혈압이 높으신데요. 어제 술 드셨어요?"

잠시 후 신규 근로자 한 명이 슬쩍 눈길을 회피하다 작게 말했다.

"조금 먹었는데……."

"어휴 조금이 아니네요. 술 냄새가 아직도 나요. 술 드시고 일하시다가 큰일 나세요. 술 다 깨고 회복하고 오세요. 혈압 관리도 잘하시고요."

지금은 흔하게 볼 수 있는 여자 안전기사지만, 2000년대 초 남성들만의 전유물로 여겨지는 현장에서는 흔치 않은 모습이었다. 그땐 여자 직원이 모두에게 신기하게 비쳤다. 그래서인지 무엇 때문인지는 아직도 오리무중이지만, 그 당시 현장 분위기는 사뭇 부드러웠다. 안전교육 중 남자 직원이 술을 언급하면 곧잘 안 마셨다고 우기고 언성 높이는 일이 부지기수였는데, 희한하게도 여자 직원이 말하면 금세 수긍했다.

현장 한쪽에서 시끌시끌한 소리가 났다.

"안 돼요. 내려오세요."

앞서 소개한 안전기사, 이 기사였다.

"제가 어제도 말씀드렸잖아요. 그 높이에서 잘못 헛디디시면 크게 다치세요. 안전벨트 착용하라고 했어요, 안 했어요?"

"듣긴 들었는데 갑갑해서 그래. 그리고 잘하고 있다가 지금 딱 벗었는데 하필 그때 이 기사가 온 거야."

이내 눈을 내리고 눈치를 살피는 모습이 낯설었다. 보통은 큰소리부터 나오기 딱 좋은 타이밍이기 때문이다. 하지만 그런 말을 듣고 물러설 이 기사가 아니었다.

"안 돼요. 못 믿겠어요. 절차대로 삼진아웃당하고 집에 가실래요? 안전교육장 가서 저한테 다시 교육받으실래요?"

못마땅한 표정의 근로자가 안전모를 벗고 이 기사의 뒤를 따라갔다. 잠시 후 교육장 밖을 두 사람이 나서는데, 여기에서도 생소한 장면이 연출되었다.

"다음부턴 잘할게. 너무 뭐라고 하지 좀 마."

"내가 얼마나 많이 생각하는지 알기나 하세요."

아무튼 그 이후론 벨트를 잘 착용하는 수준을 넘어 아예 출근 때부터 하고 오기도 했다. 대단한 일이다. 현장에 있는 고집불통 근로자들도 희한하게 이 기사 말만큼은 잘 듣는다. 이 기사만의 비결이 있는 듯싶었다.

한여름 각 팀과 회의를 진행할 때였다. 무전기가 시끄럽게 비상을 알렸다.

"101동 근처 여성 근로자 한 분이 쓰러져 있습니다. 직원분들은 해당 장소로 와주세요."

회의를 중단한 채 빛의 속도로 뛰어갔다.

일사병이었다. 지병을 갖고 있는 여성 근로자 몸이 그야말로 불덩이였다. 조치를 하고 있을 때 멀리 이 기사가 달려오는 게 보였다. 식당에 있는 얼음을 잔뜩 통에 담은 채였다. 이 기사는 재빠르게 근로자 곁에 앉아 우리에게 지시했다.

"먼저 그늘을 만들어주세요."

그러고는 얼음을 온몸에 넣어 적시고 팔다리를 주물렀다. 신기하게도 근로자의 의식이 금세 돌아왔고 천천히 일어나기까지 했다. 때마침 구급차가 도착해 몸을 이리저리 살폈다.

"큰 문제는 없는 것 같습니다. 너무 더워서 그런 듯싶으니 오늘은 꼭 휴식을 취하세요."

다행히도 구급차는 빈 차로 되돌아갔다. 이내 이 기사의 카랑카랑한 목소리가 현장을 뒤덮었다.

"제가 아침에 얘기했잖아요. 날씨가 더우니 점심 이후 30분 단위로 쉬시라고요. 큰일 날 뻔하셨잖아요. 이제 제 말 들으실 거예요, 안 들으실 거예요?"

"미안해. 담부턴 안 그럴게."

아, 그때서야 볼 수 있었다. 우리의 안전기사는 근로자들과 보통 관계가 아닌 이미 아버지와 딸, 엄마와 딸, 오빠 동생, 누나 누이 관계와도 같다는 것을. 우리 현장을 진짜 가족의 마음으로 든든히 지키고 있으니 다들 그 마음을 헤아려 이 기사의 진심을 마주한다는 것을.

잎새주와 좋은데이

지방에서 현장 생활을 주로 하다 보니 가는 곳마다 인연과 악연이 얽히고설킨다. 어느 지역은 인연, 어느 지역은 악연. 하지만 아무리 그래도 좋은 인연으로 이어진 사이는 언제 생각하든 기분이 좋고, 악연은 금세 잊히기 마련이다. 특히 지방에서 함께 지낸 두 아우는 오랫동안 여전히 좋은 동생으로 내 곁에 있다.

너무나도 다른 지역, 다른 모습의 두 아우지만 공통점이 있다. 참 뭐라 해야 하나……. 젊었을 때 부모 속 꽤나 썩였겠구나 싶은 인상을 가졌다. 그리고 조폭 대장처럼 보이는 전형적인 지방 사투리에 항상 깍듯이 나에게 호칭을 붙였다. 타지에서 얼마나 고생이 많으시냐고 볼 때마다 인사를 건넸는데, 뭘 이렇게까지 신경 쓰나 싶을 정도로 호들갑이 대단했다. 나와의 인연에 정성을 들인다는 것 또한 공통점이었다.

가족보다 더 자주 보고 대화를 나누다 보니 초반의 경계심은 금세 신뢰로 바뀌었다. 명절을 제외하고는 유일하게 현장이 쉬는 근로자의날, 지방에서 함께 해준 동생들 덕분에 즐거운 날을 보냈다.

큰 덩치에 구수한 사투리를 쓰는 부산 아우는 근로자의날 먼저 다가와 말했다.

"과장님, 부산 오셨으니 부산 함 구경하시야지예~"

그렇게 나이 비슷한 동료와 후배 넷이 모여 경치로 소문난 후배의 모교 한국해양대학교를 시작으로, 성게알 김밥, 각종 해산물, '좋은데이'를 즐길 수 있는 영도해녀마을을 경유해 자갈치시장의 꼼장어 거리에서 흠뻑 취하고선 부산 어묵과 떡볶이로 그날을 마무리했다.

광주 아우도 마찬가지다. 내가 어떻게 쉴지 고민할 틈도 없고 다가와 사투리로 말했다.

"차장님, 광주 오셨으니 광주 경험 한번 하셔야제요."

초등학교 시절 씨름을 해서인지 깡다구 있는 몸에 거친 사투리를 썼다. 이 날도 나이 비슷한 동료, 후배 넷이 모여 새벽 일찍 출발해 함평 나비축제 행사장을 시작으로 무안낙지와 '잎새주'를 먹고 유달산과 고하도를 연결하는 목포 케이블카를 거쳐 태백산맥 문학관과 보성 벌교의 제철음식인 갑오징

어로 한껏 배를 채웠다. 두말하면 잔소리일 정도로 진수성찬을 즐겼고 벌교에서 꼬막을 먹으며 취기가 한껏 올랐다. 태백산맥을 마음속으로 그려보며 술을 마시자 마치 내가 소설《태백산맥》의 주인공인 듯 소희와 외서댁을 찾게 되었다.

그렇게 둘은 나와 좋은 인연을 이어나갔다. 시간이 흐른 뒤 위기가 찾아왔다. 둘 모두 회사를 그만두고는 사업을 시작한 게 잘 풀리지 않았던 모양이었다.

"형이 뭘 해주면 좋겠니? 뭘 도와줄까?"

걱정스러운 안부에 그저 옆에만 있으면 된다고 말하는 둘. 신경 쓰게 하는 걸 불편해하는 마음은 둘 다 똑같았다. 언제든 전화하면 새벽이고 밤이고 받아서 하소연이나 들어주면 그걸로 족하다며…….

어느덧 또 다시 시간이 지났다. 어려움을 극복하고 둘 다 성장해서 지금은 자기 일을 잘 해내고 있다. 마치 둘 다 같은 사람처럼 지금까지도 서로 안부를 묻고 맛집 소개를 하고 하루가 멀다 하고 통화를 한다.

사실 현장 생활로 지방에서 지내다 보면 이것저것 불안한 것들이 가득이다. 가족을 보지 못해서 힘든 것, 가까운 곳에 누구 하나 의지할 사람 없다는 것이 가장 크다. 하지만 현장 생활을 하다 보며 느꼈던 건, 어디든 인연이 있다는 점이다. 단점을 상쇄할 만한 복된 인연을 만나고 반드시 오래오래 이어진다. 나의 이런 생각 배경엔 두 아우가 있다. 어디로 가서 일해도 나의 또 다른 아우가 있을지 기대가 되었다.

향이 진한 커피 같은 사이

휴일인데도 불구하고 일찍 눈이 떠졌다. 지인 자녀의 결혼식이 있는 날이었다. 10여 년 전부터 이어온 사이라 기쁘게 축하하고 싶은 마음이 앞섰다. 빨리 채비해 나갈 생각에 도통 편히 누워 있을 수가 없었다. 이 반가운 인연 또한 현장에서 시작되었다.

현장 업무상 많은 사람을 만나고 소통하게 되는데, 일이 일인지라 지방 현장으로 찾아오는 서울 손님들을 두세 시간씩 기다리게 하는 게 다반사였다. 그나마 현장에 일어난 돌발 상황이 정리되면 그 정도였지, 어떨 땐 얼굴조차 못 보고 전화로 인사만 남기고 가는 경우도 있었다.

자녀의 결혼식을 앞둔 지인도 마찬가지였다. 협력사 대표였으니 현장에 오갈 일은 많았지만, 대부분이 바쁘다는 이유 아닌 이유로 자주 볼 수 없었다. 그러던 어느 날 조용히 커피를 마시면서 대화하는데, 이야기가 꽤 잘 통한다는 걸 느꼈다.

현장에서의 커피 하면 또 할 이야기가 많아진다. 기다림이 있는 곳에서는 늘 커피가 인기이듯 현장에서도 마찬가지다. 특히나 현장에서 한참 기다리는 협력사 사람들은 두말할 것도 없이 연신 커피만 마신다.

현장에서의 커피 문화는 일반 사무실, 가정과는 다르다. 우선 대부분 종이컵에 타 먹는 믹스커피다. 그마저도 급하게 마시느라 믹스커피 봉지가 커피 젓는 스푼이 된다. 성의 문제라기보다는 문화라고 해야 할까.

어느 날 문득 그런 생각이 들었다. '이제는 집에서도 쉽게 아메리카노를 내려 마시는 시대인데…….' 집에서 마시는 아메리카노를 현장에서 마시면 어떨까 싶었다. 사비를 털어 캡슐커피 머신을 구입해 자리 뒤편에 두었다. 아니나 다를까. 서울에서 내려오는 협력사 직원들에게 인기가 많았다.

현장이 있는 부산까지 오는 손님들에게 휘휘 저은 믹스커피가 아니라, 크레마가 살아 있는 아메리카노를 건네며 "오시는 데 고생 많으셨죠? 이른바 SK(내 이름 승경의 영문 약자다) 아메리카노 한잔하세요"라고 말하면 어떻게 이런 게 다 있냐는 반응을 보였다.

현장에서 나오는 주제가 커피로 시작해 커피로 끝난다고 해도 과언이 아니다. 보통 예의상 인사로 하는 말은 다음에 식사 한번 하자는 말일 텐데, 여기선 서로 바쁜 시간 쪼개 밥 먹을 시간 없는 걸 훤히 알기에 커피 한잔하자는 인사로 대신한다.

그런데 또 내가 있는 현장에서는 "SK 커피 마시러 조만간 또 오겠습니다" 하는 말이 오갔다. 만난 뒤 두 시간이 흐르면 SNS에 곧바로 SK표 아메리카노가 올라오곤 했다.

자녀 결혼식을 앞둔 협력사 대표도 마찬가지였다. 약속 없이 갑자기 찾아와서는 "SK 커피가 생각나서 잠시 들렀습니다" 말하고는 종종 함께 시간을 보냈다. 특별한 일이 없을 때는 둘이 커피 두 잔을 연거푸 마시면서 사는 이야기를 나눴다. 그날부터였을까. 내가 있는 현장 근처에 오면 꼭 들러서 자신의 재미있는 무용담을 들려주었다. 향은 진하지만 알코올 도수는 없는 SK표 커피를 마시면서 말이다.

그렇게 인연이 쌓여 현장 업무 파트너 이상의 절친한 사이로 함께하는 시간이 많아졌다. 하지만 어느 순간 소식이 뜸했다. 뭔가 좋지 않은 일이 생긴 것 같다는 불안감마저 들었다. 그렇게 한두 달 지날 무렵 마음 편히 생각하기로 했다. 그분도 늘 하는 말이 그러했다.

"여러 현장을 돌다 보니 이런 일, 저런 일, 안 좋은 일, 책임질 일이 너무 많아요."

언젠가는 좋은 일로 다시금 볼 수 있으리라 생각할 무렵이면 어김없이 전화가 왔다.

"커피 마시러 계신 곳으로 가고 있습니다."

준공과 착공의 반복으로 새로운 곳에 가면서도 커피 머신을 늘 끼고 다니는 건 이러한 이유에서다.

그런 분 자녀의 결혼식이었으니, 앞뒤 일정 따지지도 않고 찾아갈 수밖에. 일찍 도착해 제일 먼저 인사를 드렸다.

"정말 축하드립니다."

그러자 곁에 있는 아내를 소개했다.

"꼭 두 분이 신랑 신부 같습니다."

건네는 인사가 만족스러웠는지 환한 미소로 답해줬다. 두 사람의 얼굴 생김새는 다르지만, 그동안 함께 살아온 희로애락의 흔적인지 분위기가 서로 닮아 보였다.

결혼식이 끝나고 문자가 왔다.

"와주셔서 감사합니다. SK 커피 마시러 곧 내려가겠습니다."

현장에는 브라더가 있다

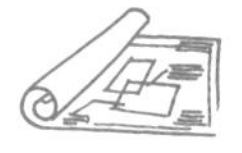

"안녕하세요!"

우렁찬 목소리로 연신 인사를 했다. 신규 현장에 배치받고 짐을 풀기 전에 가장 먼저 해야 할 일이었다. 동료 직원, 감리단, 발주처까지 모두에게 얼굴을 보이며 환하게 웃는 게 현장에서의 첫 번째 업무다. 신규 현장에서 가장 먼저 내 인상이 만들어지는 시간인 것이다. 이렇게 첫인상을 만들고 나면, 나 또한 현장 분위기를 파악하게 된다.

그 현장은 다른 곳과는 달랐다. 희한하게도 나이 많은 분들이 제법 자리를 차지하고 있었다. 재개발 진행 현장이라 그런지 조합 사무실에도 월남전에 다녀왔을 법한 나이 지긋한 어르신이 조합장으로 있었고, 이사 대부분도 퇴직 후 다시 새로운 일을 잡은 듯 연배가 꽤 있어 보였다.

현장 업무가 3D 일로 인식되면서 인기가 시들해진 건 사실이었지만, 이렇게까지 나이 많은 분들만 있는 현장은 난생처음이었다. 그렇게 업무를 도맡고 시간이 흐르자 자연스럽게 그곳에 적응하게 되었다. 여태 그래왔던 것처럼 업무상 소통 횟수도 많아지고 당연히 친분도 쌓였다. 그러면서 문득 첫인상과는 다른 모습을 발견하게 되었다.

어느 날 조합장에게 연락이 왔다.

"김 과장, 경비실에서 잠깐 보죠."

웬일로 찾나 싶어서 가보니 신중하게 한 말씀 하셨다.

"내가 감리단에도 전달한 내용인데 김 과장도 알아야 할 것 같아서. 철근 결속 선을 지금보다 단단하게 묶어줘. 콘크리트 타설할 땐 진동기를 기준대로 잘해줘야 하고."

어떻게 그런 것까지 아는지 놀랐다. 눈을 동그랗게 뜨고 바라보자, 말을 이었다.

"아아, 내가 젊었을 때는 현장 밥 꽤 먹었어."

그게 끝이다. 좀 더 안다고 지적만 하는 것도 아니고 그저 아는 것을 전달하고는 자리를 뜨는 참 점잖은 분이었다.

조합과 미팅을 마치고 나왔을 때도 비슷한 일이 있었다. 공무 팀장이 뭔가 발견했다는 듯 놀란 목소리로 말했다.

"조합 이사님이 보기에는 그냥 나이 드신 노인 같은데, 정말 남달라요."

"왜요?"

"각종 계약 진행, 행정 문서, 보고서까지 완벽 그 자체예요. 알고 보니 은행 경력 35년의 지점장 출신이라고 하더라고요."

다들 젊었을 때 열심히 일했던 분들이고 옮긴 자리에서 경력을 살려 또다시 일을 해내는 분들이었다. 오랜만에 연락한 공사 부장 또한 비슷한 이야기를 했다.

"김 과장 잘 지내지? 거기 현장은 어때?"

"네, 무탈합니다. 어쩐 일이세요?"

"혹시 감리단에 박 상무라고 계시지? 그분이 내 현장 사수였거든. 진짜 실력도 좋고 후배들 위하는 마음도 끔찍해."

내 선배의 선배이니, 나에게는 대선배가 아닐 수 없었다.

현장 정리 정돈이 이루어지는 날이었다. 직원, 협력사, 책임자들이 함께 모여 작업하기 좋은 환경을 만들기 위해 현장을 청소하고 있었다. 귀찮은 일이라 종종 정리 정돈이 잘 안 되는 현장도 있는데, 이 현장만큼은 남달랐다. 약속 시간 전부터 북적였다. 시공사 선배가 먼저 나와 솔선수범을 보이고, 협력사 책임자들도 그 모습을 보고는 땀을 흘리며 같이 했다.

생각 없이 빗자루를 열심히 움직이면 스트레스 해소에도 도움이 된다. 중간중간 선배가 가벼운 농담을 하면 그게 또 일을 더 하게 해주는 원동력이 된다.

세상이 짧은 시간에 너무 많이 변한 것만 같았다. 사회, 문화, 조직까지. 요즘 현장에 젊은 사람이 없어 큰일이라는 소리가 들려온다. 맞는 말이다. 하지만 우리가 무조건 젊은 사람이 유입되기만을 기대하는 게 과연 옳은 일일까 싶다.

우리에게는 오랜 세월을 견디고 이겨낸 각 분야 최고의 전문가들이 언제나 있다. 나는 그들을 '브라더'라고 칭하며 더 배우는 시간이 있기를 간절하게 기대한다. 그런 분들이 현장에 계속 있다면, 어렵고 힘든 현장 일을 배우려는 젊은 사람이 가득 생길 거라는 기대심이 생긴다. 나 또한 이 분야의 전문가가 되어, 나중에 후배들을 위해 조언을 많이 해줘야겠다.

동료로는 채울 수 없는 가족애

현장 숙소는 32평 아파트로 방 세 개가 있었지만 나는 막내라 거실을 사용할 때였다(물론 지금은 1인 1실이며 사생활 침해나 방해는 없으니 전혀 걱정할 필요 없다). 갑작스러운 초인종 소리에 눈을 떴다. 잠든 지 한 시간 만에 깬 것이다. 시계를 보니 밤 12시였다.

겨우 눈을 뜨고 문을 열어보니 같은 현장의 선배 셋이 서 있었다. 한껏 취기가 오른 선배 들이 한 손에는 각종 술을, 반대 손에는 치킨 두 마리를 들고 밤늦게 초인종을 누른 것이다.

"늦은 시각에 어쩐 일이세요?"

"엥, 우리 김 기사가 너무 힘들어 보이니까 격려차 찾아왔지."

'밤 12시에 무슨 격려? 참나, 잠이라도 편안하게 자게 두고 업무 협조 잘해주는 게 도와주는 건지 모르나?'

이래저래 불만이 차올랐지만, 티를 낼 수는 없었다. 거실에 깔린 침구들을 한쪽으로 밀었더니 금세 술판이 벌어졌다. 사실 어떻게 될지는 안 봐도 훤했다. 했던 소리를 하고 또 하다가 드르렁 코를 걸며 내 잠자리를 뺏는 식이었다. 물론 정리는 막내인 내 몫이었다. 늦게라도 잘 자고 싶었지만 선배들의 코 고는 소리에 정신이 번쩍 들었다. 이른 새벽 현장으로 발걸음을 재촉하는 게 해방의 방법이었다.

어제 함께 술 마신 선배들이 속속 현장으로 출근했지만, 도통 나에게 미안한 마음인지 제대로 눈도 마주치지 못했다.

'에이, 저렇게 미안해할 거면서 왜 밤늦게 찾아온담.'

눈코 뜰 새 없는 오전 업무가 끝나고 점심 무렵쯤 현장 사무실이 시끄러워졌다. 젊은 여자가 한 손에는 큰아이 손을 잡고, 등에는 작은아이를 업은 채 현장을 찾아온 것이다. 때마침 어제 숙소에서 내 잠을 방해한 최 대리 선배가 등장했다. 여자를 발견하고는 부리나케 다가갔다.

"왜 여기까지 왔어. 이렇게 먼 데까지……. 다음 주면 집에 간다고 했잖아."

"아니, 문희가 아빠 보고 싶다고 계속 그러니까……."

말을 하면서 큰아이를 내려다봤다. 아이는 "아빠"를 외치며 최 대리 품에 안겼다. 최 대리의 아내였던 것이다. 현장 생활에서 주말 부부라면 다행이고, 한 달에 한 번이라도 집에서 아이들과 놀아주면 최선을 다하는 것과 같았으니, 아이가 아빠를 찾을 만했다.

최 대리와 가족의 환한 표정을 보니 기분이 묘했다. 순간 어제 최 대리를 포함한 선배들이 밤을 달래기 위해 술을 마신 이유를 알 것도 같았다. 눈앞에 어른거리는 가족의 모습을 잊기 위해 술을 선택한 게 아니었을까? 잘 알지도 못하는 지역에 외떨어져 할 수 있는 거라곤 전화와 문자밖에 안 되니, 그 외로움을 달랠 쉬운 방법은 술자리뿐이었을 것이다.

부랴부랴 현장 식당에서 할 수 있는 최고의 메뉴들로 최 대리 가족을 맞이했다.

최고의 메뉴가 뭐냐고? 최고란 별거 없다. 가족과 함께면 최고다.

아버지 산, 어머니 산

새로 산 등산화가 도착했다. 등산에 도전하기 위해 제일 먼저 한 건 이른바 '장비발' 세우기였다. 알맞게 맞는 등산화를 신고 이제 산에 오르기만 하면 될 일이었다. 부산으로 발령받고 내려오기 전 지인이 한 말 때문이었다.

"거기 현장 근처에 있는 장산이 예로부터 좋은 기운이 넘치기로 유명한 곳입니다. 현장과 가까우니 자주 올라가서 기운 좀 받아보세요."

부산 센텀 근처 주거상업복합시설 현장은 주변이 전부 높다란 건물이 있어 이국적인 느낌이 물씬 풍기는 곳이었다. 그런 도심 주변을 가로지르는 산이라니 궁금함이 밀려왔다. 등산 첫 날 현장 뒤편으로 가서 산의 입구를 살폈다. 등산로 입구가 별도로 있는 것은 아니었지만 좁게 난 길들 대부분이 정상으로 연결되는 듯 보였다.

그런데 이곳을 발견하고 보니 걱정이 앞섰다. 만에 하나라도 하산하는 등산객들이 길을 잘못 들어서면 우리 현장으로 바로 진입할 수 있는 입구가 꽤 보였기 때문이다. 특히 터파기가 시작되면 낭떠러지가 만들어지고 그 길로 오는 등산객들은 위험한 일을 겪을 가능성이 컸다. 산에 오르기 전 머릿속에 현장의 사전 조치가 필요하다는 메모를 남기고 찬찬히 등산로에 진입했다.

현장과 가까워 선택한 길이지만 제대로 골랐다. 초반부터 가파르게 이어지는 산길 덕분에 출발 20분 만에 온몸이 땀에 젖어 비 맞은 듯했다. 그렇게 30분 정도 더 오르자, 예전 군사용으로 사용된 넓은 비포장도로에 도착했다.

처음으로 정자가 눈에 띄었고 어르신 몇 분이 대화를 나누는 모습이 보였다. 나는 정자에 잠깐 앉지도 않은 채 산 능선을 타는 코스로 진입했다. 꽤 어려운 길이었지만 흠뻑 땀을 흘리며 우거진 나무와 꽃들만 보고 위로 전진해 나갔다. 오르기 여간 쉽지만은 않았다. 나름 생각해낸 방법은 땅만 쳐다보고 한 발 한 발 내딛는 것이었다. 그럼 힘겨운 구간을 의외로 쉽게 넘어설 수 있었다.

어느덧 8부 능선을 넘어서고 있었다. 그러자 눈앞에 커다랗

게 우뚝 솟은 바위가 보였다. 크게 '장군암'이라고 쓰여 있었다. 장산은 행정 구역상 네 개 동이 걸쳐져 있어 예로부터 가뭄과 같은 위기가 있을 때마다 하늘에 제를 드린 곳이라 한다. 그래서인지 가까이서 맨 위를 쳐다보려면 고개 젖히기가 쉽지 않을 정도로 큰 바위를 세운 것 같았다.

마지막 스퍼트를 올렸다. 바람 세기가 훨씬 강해지며, 시야가 탁 트였다. 정상이었다. 물론 실제로는 장산의 정상은 아니었다. 근래 들어 정상이 개방되어 진입이 가능하지만, 내가 오르던 그때는 군사시설이 있어 정상으로 향하는 통로는 막혀 있었다.

답답했던 시야가 360도 뚫리니 부산 센텀과 어우러진 해운대의 모습이 한눈에 보였다. 그야말로 눈 호강을 제대로 했다. 산의 높이는 600미터 정도로 그다지 높지 않지만 장산이 주는, 특히 우리 현장과 공간을 같이 공유한다는 의미에서 에베레스트보다 더 중요하게 느껴졌다.

바람이 더욱 세졌지만 다급히 내려가고 싶지 않았다. 볼 수 있는 모든 것을 다 만끽하면서 천천히 방향을 틀어 기장 방향으로 내려왔다. 장산과의 첫 만남은 그렇게 이루어졌다. 이후 처음 목표로 했던 '100번 등산'은 하지 못했지만, 생각보다는 많은 시간을 장산에서 보냈다.

어려운 일이 닥칠 땐 나무의 흔들림으로 해법을 알려주고, 나를 안아주고 치유해준 장산은 따뜻한 아버지와 어머니의 품과도 같았다.

믿음의 힘

현장의 오전 업무는 쏜살같이 흘러간다. 정신없이 전날의 공종을 확인하고 당일에 진행되는 사항을 꼼꼼하게 체크하다 보면 금세 점심이다.

그날도 마찬가지였다. 피곤해진 몸을 책상 앞에서 달래며 낮잠을 청하려 의자를 뒤를 눕히고 사무실의 적막함을 느끼기는 찰나. 현장 사무실 입구에서 난리법석이 났다. 깜짝 놀라 일어나 보니 근로자 여럿이 함께 큰소리를 내며 사무실로 들어오는 게 아닌가.

"갑자기 무슨 일이세요?"

내 말이 끝나기도 전에 격양된 표정으로 다가와 소리를 쳤다.

"우리가 여기에서 일한 지 3개월이 넘었습니다. 그런데 지금껏 단 한 번도 임금을 못 받았어요!"

내 놀란 표정이 사라지기도 전에 다시 말을 이었다.

"어떻게 할 겁니까? 우리 이거 해결되기 전까진 여기 사무실에서 한 발짝도 안 움직일 겁니다!"

우선 말려야 했다.

"그러지 마시고요. 잠시 기다려주세요."

우리는 해당 협력사에 노동 임금을 전부 지급한 상태였으니 확인이 필요했다.

"저희는 단 한 번도 누락 없이 노임을 지급했습니다."

나도 당당하게 격양된 말을 쏟아낼 수밖에 없었다. 하지만 내 말이 그들의 귀에 들어갈 리 없었다.

"김 대리, 잠깐만."

그때 옆에 있는 공사 과장이 내 말을 가로막았다.

"안녕하세요, 해당 공종을 책임지고 있는 백 과장입니다. 무엇보다 먼저 저희가 한 분 한 분 노임 관련 확인을 못해 정말 죄송스럽게 생각합니다. 말씀하신 내용 충분히 이해했습니다. 제가 해당 협력사 대표와 바로 소통해서 원인이 뭔지, 또 해결을 언제 어떻게 할 건지 바로 알아보겠습니다."

여전히 심드렁한 근로자들에게 한마디 더 했다.

"여기 계신다고 바로 해결되는 건 아니니 저희를 믿고 조금만 기다려주시면 안 되겠습니까?"

과장님의 정중한 태도에 그들의 표정은 누그러졌다. 한 명이 말했다.

"그래요, 과장님 믿고 협력사 사무실에 있을 테니 빠르게 연락 주세요. 해결 안 되면 우린 과장님 집에 안 보낼 겁니다."

빠져나가는 근로자를 확인하고 백 과장이 해당 협력사 대표에게 연락을 했다.

"안녕하세요. 대표님. 백 과장입니다."

대표 말은 이러했다.

"알고 있습니다. 저희가 해결해야 되는데 정말 죄송스럽습니다. 타 회사 현장이 부도가 나는 바람에 자금 흐름이 원활치 않아 노임 지급 날짜가 지연되었네요. 하지만 인수 회사에서 차주까지 지급 약속을 했으니 꼭 빠르게 해결하겠습니다."

우리는 근로자 대표에게 확인받은 사항을 전달했다. 중간에 끼어 있는 우리 입장에서는 할 수 있는 말이 그것뿐이었다. 가만히 듣고 있던 근로자가 믿지 못하겠다는 말투로 "됐어요. 믿을 수 없어요. 우리한테도 거짓말한 게 얼마나 많았는데"라는 게 아닌가.

'아, 어렵다. 내 돈 같으면 주고 마는데.'

근로자들은 대표를 믿지 못한다며 당장 내일부터 일을 안 하겠다고 으름장을 놓았다. 공종이 꼼짝없이 멈추게 생긴 것이었다. 작업 중단은 현장 전체 공정에 문제를 일으킨다. 마음으로 발을 동동 구르고 있는데 공사 과장이 다시 전화기를 들었다.

"대표님 바쁘시더라도 내일 잠시 현장 한번 들려주세요. 커피 한잔하시지요."

근로자들에겐 "일단 시공사 협력사 대표와 함께 차 한잔할 시간 만들었으니 작업 중단하더라도 내일 서로 얼굴 쳐다보고 결정하시죠"라며 동의를 구했다.

다음 날 삼자가 한자리에 모였다. 우리, 협력사의 대표와 근로자였다. 근로자에겐 대표로 한 사람만 오라고 했지만, 그게 될 리 없었다. 어제보다 더 많은 사람이 모여 다들 한마디씩 거두는데, 대화가 진전되기는커녕 같은 말만 빙글빙글 돌았다. 물론 그 심정도 이해는 됐다.

"석 달째입니다!"

"말이 됩니까?"

대표는 연신 같은 말을 반복했다.

"걱정은 마십시오. 다음 주까지는 무조건, 무슨 일이 생기더라도 약속을 지키겠습니다."

"그 말을 우리더러 믿으라는 게 말이 됩니까?"

평행선이었다. 대화는 진전 없이 냉랭한 상태였다. 그러자 공사 과장이 나서 다시 강하게 호소했다.

"해당 협력사는 제가 신입 기사로 건설 현장에 왔을 때부터 착공에서 준공까지 많은 어려움을 겪고 극복하기를 반복해왔습니다. 그런 진통을 통해 저와 마찬가지로 협력사도 많은 성장을 해왔습니다. 특히 앞에 계신 대표님의 신뢰와 약속은 제가 충분히 보장할 수 있습니다. 물론 근로자분들께서는 확실한 증표로 보증서가 꼭 있어야 한다고 생각하시겠지만, 저에겐 오랜 시간 동안 쌓아온 믿음이 더 큰 신뢰이자 약속이라고 생각합니다. 근로자분들께서 이 자리에 계신 대표님께 한 번 더 기회를 주시면 안 되겠습니까?"

협력사의 진통은 곧잘 일어난다. 그것을 잘 아는 우리는 그들에게 믿음을 주고 다시금 일을 더 할 수 있도록 만드는 게 최선이다. 손발을 잘 맞춘 거래처를 그저 하나의 업체로만 계산하고 관계 맺으면 공사는 절대 끝마칠 수 없기 때문이다. 과장의 말에 마음속으로 우레와 같은 박수를 보냈다.

그리고 일주일이라는 시간이 지났다. 임금은 잘 지급되었고 근로자 대표는 사무실에 찾아와서 공사 과장에게 감사 인사를 전했다. 비록 문제가 생겨 어려움에 부딪혔지만 다시 한번 우리는 예전보다 더 단단해졌다. 서류가 아닌 믿음으로.

현장 속 우리는 한마음이다

현장에서 가장 중요한 게 무엇이냐고 묻는다면 바로 밥이다. 현장 근처 식당을 찾아다니는 것도 무리니 대부분 현장에는 함바가 따로 있다. 건설 현장에 있는 임시 식당이라고 해도 매일 다른 재료로 성의껏 차린 음식을 보면 또 다시 힘이 솟는다.

한 현장의 함바가 아직도 기억에 남는데, 바로 함바 주인 때문이다. 처음 봤을 때는 놀랄 수밖에 없었다. 뒷모습을 보면 현장 남성 근로자라고 해도 될 정도로 건장한 체격을 가졌다. 그 많은 사람의 입맛을 맞추기 어려운 함바를 차리고 여러 지역을 돌았으니 굵어진 잔뼈만큼 한 성격을 했다. 근로자들의 반찬 투정에도 저돌적으로 대응했다.

"아니, 오늘 밥맛이 왜 이래? 이런 거 먹고 일이나 할 수 있겠어?"

괜히 시비 거는 근로자가 나와도 절대 기죽지 않는 성미다.

"뭐라고요? 어디 호텔 뷔페만 다니셨나. 당신같이 까다로운 사람한테는 내 쌀이 아까우니까 나가세요."

어이없어하는 표정을 봐도 절대 지지 않는다.

"아니, 뭐하세요. 나가시라니까!"

아무리 힘세고 현장 경력 한 가닥 하는 근로자라 하더라도 금세 꼬랑지를 내릴 수밖에 없는 이유다. 우렁차고 걸걸한 목소리에 얼어붙은 근로자는 언제 그랬냐는 듯 밥과 반찬을 식판에 담는다. 보통은 사장이 미안하다고 말하고 달걀 프라이라도 하나 더 내놓기 일쑤인데, 그 함바에서는 어림도 없는 일이었다. 그 덕분인지, 말 많고 탈도 많은 함바에서 군소리 한 번 나오지 않았다.

그런데 참 희한한 일이었다. 그 걸걸하고 대장부 같은 사장이 나에게만은 예외였다.

"김 기사님, 오늘 뭐 먹고 싶은 거 없어요? 내가 맛있게 해줄게요."

어쩌다 입맛이 없어 라면이나 달라고 하면 금세 끓여서 밥과 함께 내다준다.

"그래도 든든하게 밥을 먹어야 하는데……. 라면은 몸에도 안 좋아요."

걱정의 한마디를 덧붙이지만 꼭 원하는 걸 차려준다. 라면에도 내 그릇에만 달걀 두 개가 담겨 있었다. 그걸 모를 리 없는 주변 근로자들은 매번 '특별대우 김 기사'라고 놀리곤 했다. 그저 함바가 내 담당 동 바로 앞이라, 손님이 오면 식사나 차 대접을 그곳에서 했으니 조금 더 친숙하게 대했던 거라 생각했다. 부담은 되었지만 크게 신경 쓰이는 일은 아니었다. 다만 그 사건이 있기 전까지.

한파 경보, 강풍 경보가 내려진 때였다. 현장에는 가장 긴장되는 일기 상황이다. 도움 안 되는 일기로 인해 레미콘 타설이 많이 늦어져 마지막 차 두 대를 기다리며 저녁식사 겸 쉬러 콘크리트 반장과 함바 문을 열고 자리를 잡았다.

"어우, 김 기사님 얼굴이 완전히 얼었네요. 뭐 먹고 싶은 거 없어요?"

동행한 콘크리트 반장은 안중에도 없는 듯 나에게만 관심을 쏟았다. 그러더니 있는 반찬 없는 반찬을 잔뜩 만들어서 요술 부리듯 잔칫상을 차려줬다. 그러려니 하고 식사를 하는데 문득 '왜 이렇게 나한테 잘해주지?' 하는 생각이 들었다. 갑자기 부담이 밀려왔다.

식사를 마치고 따뜻한 난로 옆에 있으니 노곤해질 때쯤 막

차 두 대가 들어왔다. 부담이고 뭐고 당일 할 일을 끝내야만 했다. 콘크리트 반장은 타설을 마무리하러 나갔다. 나는 한파 경보와 강풍 경보가 내린 상황이라 콘크리트 양생을 위해 내부에 피워둔 갈탄과 열기가 밖으로 못 나가게 설치한 천막을 점검했다.

퇴근하고 나면 다음 날 출근할 때까지 나를 대신해 점검할 사람은 없었다. 물론 지금은 안전과 환경 문제로 갈탄 대신 열풍기를 사용하고, 또 밤샘하며 지키는 당번도 2인 1조로 운영하고 있지만 그땐 그런 것도 없었으니 미리 살피는 게 최선이었다.

늦은 퇴근으로 귀가하니 아내와 돌도 안 된 아들이 세상모르고 자고 있었다. 나도 가족 옆에 누워 잠이 들었는데, 갑작스러운 집 전화벨에 눈이 번쩍 떠졌다. 피곤한 몸을 곧바로 세우기엔 힘겨웠다. 속으로 '분명 장난 전화일 거야'라고 생각하고 다시 자려는데, 벨소리에 잠을 설칠 가족들 생각에 곧바로 수화기를 낚아챘다.

"김 기사님 댁이지요? 저 미정인데요."

'가만, 미정이? 미정이가 누구지?'

내 속마음을 알기라도 한 듯 다급하게 자신을 설명했다.

"저, 함바집 미정이에요."

"네?"

통화가 처음인 건 물론이고 이름도 몰랐으니, 단번에 알 수 없었다. 그러다 훅 짜증이 밀려왔다.

"이 시각에 무슨 일이죠?"

"제가 새벽 1시쯤 화장실을 가려고 함바 밖으로 나와 보니 글쎄 김 기사님 담당 112동에서 불이 나고 있더라고요."

깜짝 놀라서 아무 말도 할 수 없었다.

"제가 그래서 불이야 하고 소리 질러서 자고 있는 분들 깨우고 119에도 신고해서 마무리했어요. 우선 알고라도 계셔야 내일 출근해서 놀라지 않으실 것 같아서요."

세상에! 이건 엄청난 비상사태였다. 잘못하면 한 동을 홀라당 태울 재앙 수준의 사고였는데, 나는 세상모르고 잠만 자고 있었다니! 부랴부랴 자리에서 일어나 현장으로 갔다. 현장은 사고의 여파를 증명하듯 코를 찌를 듯한 메케한 냄새가 풍겼고 건물 곳곳에 그을음이 생겨 있었다. 나를 덮치는 매서운 바람이 정신을 더 또렷하게 만들었다.

이미 소방차는 할 일을 마쳤는지, 멀리 빨간 불빛을 내며 서 있었다.

"안녕하세요, 현장 관리자입니다."

"아, 오셨네요. 강한 바람 탓에 친막이 안으로 말려들어가면서 갈탄에 닿은 것 같습니다. 그 바람에 불이 붙었고요. 저기 계신 분이 초기에 바로 신고하고 다른 근로자분들과 물을 뿌려 번지는 걸 막았으니 망정이지 아니었으면 이 동이 통째로 사라졌을 거예요."

그 당시엔 현장에서 근로자들의 숙식이 허용되었는데, 함바 사장이 새벽에 우렁찬 소리로 "불이야"를 외쳐 근로자들 잠을 깨운 것이다. 초기 진압을 하고서는 빠르게 119에 신고를 해 재앙을 막을 수 있었다.

땀인지, 옮긴 물인지 모를 몸으로 온몸이 축축하게 젖어 있는 근로자들 틈에 함바 사장, 미정 씨가 있었다. 통 고개를 들 수 없었다. 부끄러운 마음 때문이었다. 이름조차 알 수 없는 사이였지만, 현장에서 호의로 나를 맞이해준 사람에게 감사함도 모르고 괜한 부담감을 느꼈다니……. 미정 씨는 그저 나와 같이 현장을 생각하는 사람이었을 뿐이었다. 나는 미정 씨에게 진심으로 감사하다는 말을 전했다.

다음 날, 또 다시 어제와 같은 일상이 찾아왔다. 모두가 정말 다행이라며, 함바 사장이 큰일을 했다고 엄지를 치켜세웠다.

"김 기사님 오늘은 콩나물국이에요. 이건 좋아하시죠? 라면

드시지 말라고요."

함바에 들어서니 자기가 큰일을 했다는 걸 아는지 모르는지 어제와 같은 미정 씨가 있었다. 천천히 앞으로 가서 다시 정중하게 말했다.

"사장님, 정말 감사합니다. 항상 신경 써주셔서 정말 고맙고 감사합니다."

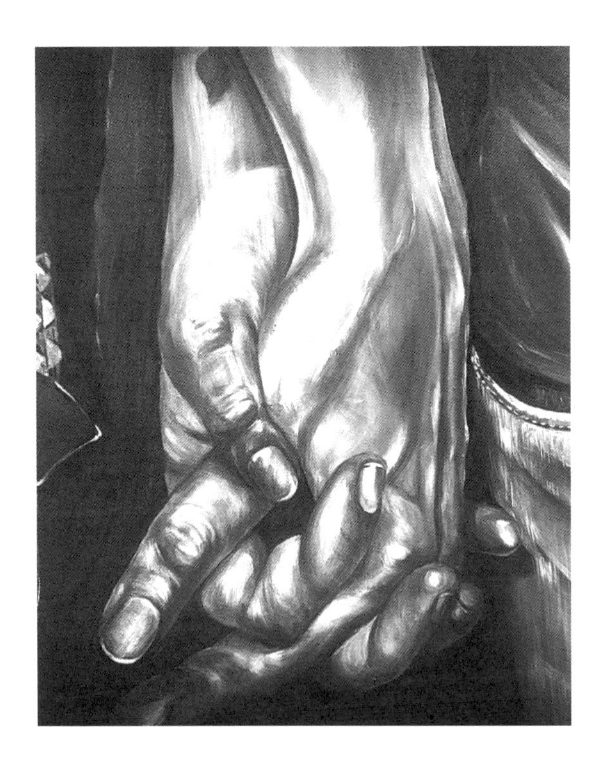

현장의 선배, 아니 형들

1997년 10월 전국이 떠들썩했다. IMF라고 했다. 회사를 다니는 사회인이었지만 도통 이게 뭔지 잘 몰랐다. 하지만 분명한 건 모두가 위기라고 입을 모아 이야기했다는 점은 명확했다. 결국 타 회사와 비슷하게 우리 회사도 직원 2천 명 중 8백여 명만 남았다.

누군가 그랬다. 위기는 곧 기회라고. 위로의 말일 뿐이라는 건 나중에 알았다. 몇 차례에 걸쳐 인원 감축이 이루어졌고 현장 인원 열한 명 중 막내였던 나는 한 분 한 분이 떠나가는 길목에서 작별 인사를 건넸다. 신기하리만큼 조용한 이별이었다. 예정된 걸 미리 알았다는 듯 너무나도 소리 없이 사라졌다. 2년 정도 지나자 나와 전기기사를 빼고 나머지 아홉 명의 자리가 사라졌다. 안타까운 마음으로 어쩔 수 없이 직원들을 보내야 했던 현장 소장의 자리도 없어졌다.

가끔씩 자리를 떠난 선배들이 궁금했다. 어디에서 무얼 하며 살고 있는지 말이다. 근데 참 희한했다. 20여 년이 지나고 나서부터 들려왔다. 김 기사 형은 좋은 자리로 옮겨 그동안 열심히 잘 살고 있었다고. 오히려 내 걱정을 했다는 말까지 들려왔다. 그리고 깨달았다. 정말이지 위기는 기회였다는 걸.

사회 초년생의 현장은 이렇게 순식간에 이별의 연속이었다. 하지만 이후 현장은 다시 활기를 되찾았고 새로운 좋은 선배, 형들을 만날 수 있게 되었다.

이 형 또한 마찬가지였다. 외모로만 보면 나보다 더 젊어 보였지만 실제 나이는 나와 무려 10년 차이가 나는 큰 형님이었다. 말쑥한 외모만큼이나 옷매무새와 말투가 남달랐다. 가식이 없었고 내면 깊은 곳에서 정돈된 태도로 상대를 대하니 우아하다는 말이 절로 나왔다.

게다가 자기계발도 대단했다. 웬만한 운동은 다 섭렵했고, 매일같이 러닝과 헬스를 했다. 건축 시공사를 퇴직한 후였던 터라 현장 업무에 대한 경험뿐만 아니라 배려가 깊었다. 무엇보다 일에 대한 어려움을 잘 이해해 주변을 살뜰하게 살피는 모습에 놀랐다. 특히나 나를 진심으로 아껴주는 마음이 고마워 형님이라고 생각하며 지내게 되었다.

여러 현안이 수시로, 그리고 돌발적으로 생기는 현장 특성상 빠른 시간 내 수습하고 정리하는 임기응변 능력은 필수불가결이다. 착공에서는 시공사뿐만 아니라 발주처의 역할도 큰 부분을 차지한다.

그 당시 들어간 현장은 이런저런 사회적 환경이 녹록지 않아 착공하는 데 여러 제약이 걸려 있었다. 철거, 인허가, 민원, 각종 행정 서류 등등 답답한 마음에 발주처 사람들과 함께 형을 만나 의견을 물었다. 형의 조언 덕분에 물 흐르듯 착공을 진행했다. 모든 해결의 실마리를 알려주는 형을 생각하면 늘 입꼬리가 흐뭇하게 올라갔다.

그렇게 시간이 흐르고 연락한 지도 오래되었을 때였다. 오랜만에 안부 전화를 할까 하는 와중에 형의 소식을 듣게 되었다. 췌장암이라는 진단을 받아 수술을 마치고 조용히 요양병원에서 회복 중이라는 내용이었다. 소식을 들은 나는 한달음에 형을 찾아갔다.

날 향해 걸어오는 형의 모습을 보고 놀라지 않을 수 없었다. 약간 살은 빠졌지만 얼굴이 너무 좋아서 그 누구도 암 환자로 볼 수 없을 정도였다. 천만다행이라고 생각했는데 그보다 더 기쁜 건 수술도 대성공이라는 소식이었다. 주변에 이리저리 도움을 주다 보니 이번에는 형이 주변 사람들에게 큰 도움을 받았다는 이야기를 들었다.

몸을 회복한 뒤에는 현업에 복귀해 예전처럼 일을 하고 있으니 앞으로도 한 발 나아가기를 바라고 또 기대해본다.

당시 준공 날짜 맞추기 참 어려운 현장도 형이 도와준 덕분에 제 날짜에 마칠 수 있었다. 앞으로도 형과 같이 계속 인생을 함께하면서 서로에게 도움을 주는 사이가 되기를, 현장의 모든 소중한 인연이 다함께 한 발 나아가기를 바란다.

나는 타워크레인이다

초판 1쇄 발행 2024년 6월 20일
지은이 김승경
펴낸이 유준원
기획편집 박연아
편집보조 유 솔
본문 일러스트 김지환
펴낸곳 도서출판 더클

출판신고 제 2014-000053호
주소 서울시 금천구 가산디지털1로 212 코오롱애스턴 709호
전화 (02)857-3086
팩스 (02)2179-9163
전자우편 thecleceo@naver.com

ISBN 979-11-86920-26-8 (03810)

* 책값은 뒤표지에 있습니다.
* 잘못된 책은 구입하신 곳에서 바꾸어 드립니다.

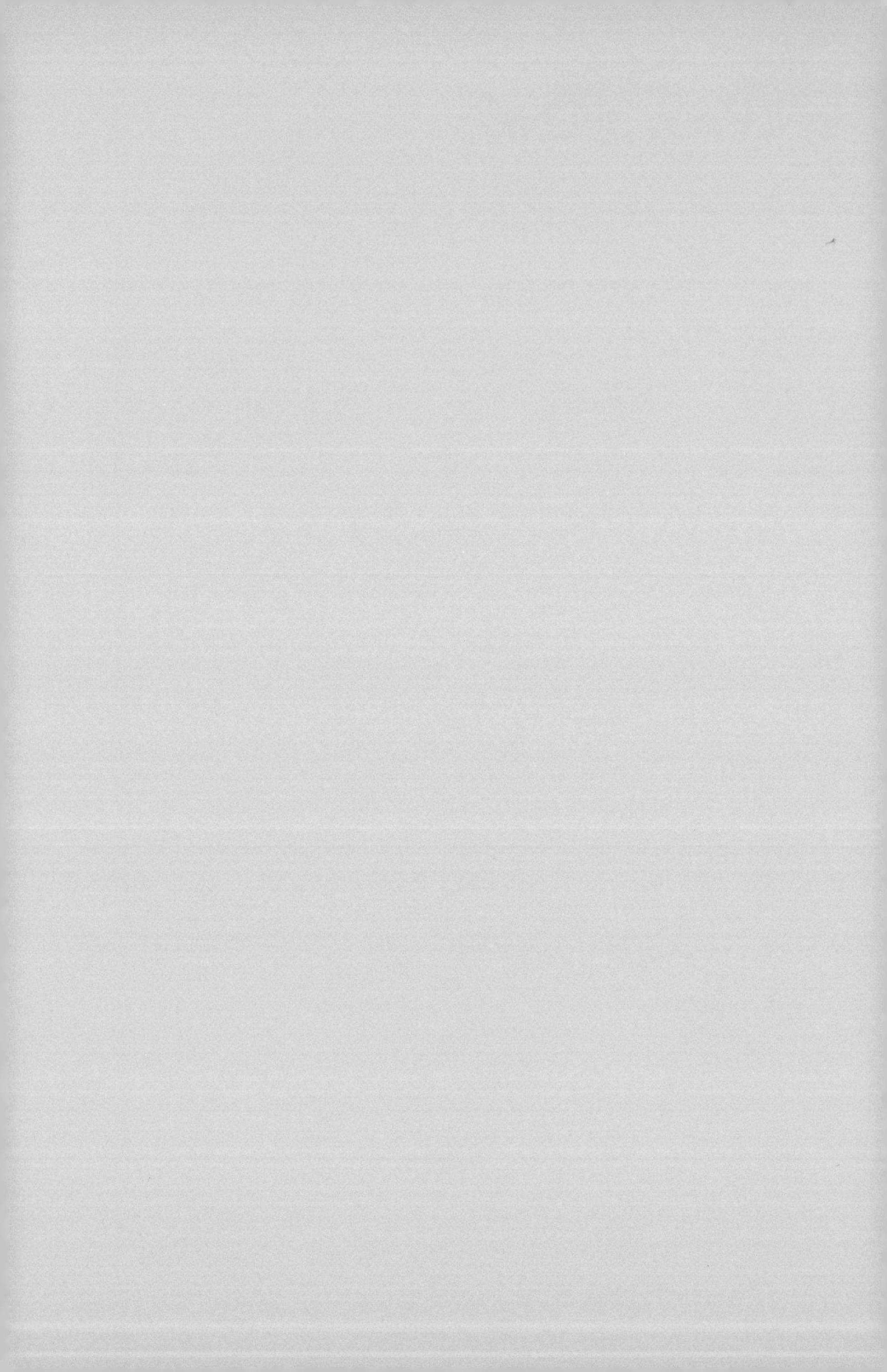